Xiao Ben Xiong Xian Gei Hai Zi De Hua

小笨熊献给孩子的话

大家好,我是你们的好朋友——小笨熊,我刚从智慧城堡旅行回来,给大家带来这套礼物——《好孩子智慧成长阶梯》,希望大家和我一起在书香中品味智慧果。

好孩子智慧成长阶梯

HAO HAI ZI ZHI HUI CHENG ZHANG JIE TI

寓言中的108个经典哲理

上

崔钟雷　主编

万卷出版公司

寓言中的108个经典哲理

前言

　　童年是一片欢乐的海洋,一阵凉爽的海风、一只美丽的海星、一朵跳跃的浪花、一个七彩的贝壳,都吸引着孩子的目光,仿佛这片海洋里有许多解不开的谜,有太多令人神往的秘密,还有着永远难以忘怀的回忆。在这片充满着神秘与希望的大海中,孩子一天天长大,他们驾着知识的小舟,勇敢地向着智慧的彼岸航行。

　　这是一套能够给孩子带来智慧、快乐与思索的书。本套书以启迪孩子智慧、净化孩子心灵为宗旨,让孩子在学习百科知识、接受经典文化熏陶的同时,体会阅读的快乐。这套书包括《中国孩子最感兴趣的108个太空之谜》《中国孩子最感兴趣的108个植物之谜》《唐诗中的108个经典佳句》《儿歌中的108个科学知识》《寓言中的108个经典哲理》等共十本。全书文字精美、语言简洁,图片生动逼真,版式设计独特典雅,值得孩子永远珍藏。

　　愿孩子在这套书的陪伴下,开始漫长而愉快的智慧之旅!

寓言中的108个经典哲理

目录

寓言中的108个经典哲理

目录

寓言中的**108**个经典哲理

目录

寓言中的108个经典哲理

目 录

辽东白头猪

liáo dōng dì qū de zhū quán shēn dōu shì hēi de
辽东地区的猪全身都是黑的。

yǒu yì jiā de mǔ zhū ǒu rán shēng le yì
有一家的母猪偶然生了一

tóu bái tóu zhū quán cūn rén dōu gǎn dào hěn xī qí
头白头猪，全村人都感到很稀奇。

tā men wèi xiǎo bái zhū pī hóng guà lǜ chuī
他们为小白猪披红挂绿，吹

chuī dǎ dǎ de sòng wǎng jīng chéng zhǔn bèi xiàn gěi
吹打打地送往京城，准备献给

huáng dì
皇帝。

cūn mín men zǒu dào hé dōng jiàn nà lǐ yǒu
村民们走到河东，见那里有

bù shǎo bái tóu zhū tā men gǎn dào hěn cán kuì gǎn
不少白头猪。他们感到很惭愧，赶

jǐn chě xià xiǎo bái zhū shēn shang de hóng lǜ cǎi chóu
紧扯下小白猪身上的红绿彩绸，

shōu shi qǐ chuī dǎ de yuè qì chuí tóu sàng qì de
收拾起吹打的乐器，垂头丧气地

huí jiā le
回家了。

智慧宝盒

世界上有很多我们不了解的事物，所以千万不要在没有调查清楚真相前就随便自吹自擂。

寓言中的108个经典哲理

齐人攫金

zhàn guó shí qī　　qí guó yǒu yí gè rén　fēi cháng ài
战国时期,齐国有一个人,非常爱

cái shèn zhì yǒu xiē tān lán　zhěng tiān zuò zhe fā cái de měi
财,甚至有些贪婪,整天做着发财的美

mèng　yǒu yì tiān zǎo chen　tā chuān hǎo yī fu　dài hǎo mào
梦。有一天早晨,他穿好衣服,戴好帽

zi　biàn yōu xián de dào shì chǎng shang xián guàng　tū rán tā
子,便悠闲地到市场上闲逛。突然,他

kàn dào yǒu rén mài jīn zi　xīn li huān xǐ wàn
看到有人卖金子,心里欢喜万

fēn　jí máng pǎo dào
分,急忙跑到

mài jīn zi de dì
卖金子的地

fang　shēn shǒu jiù ná
方,伸手就拿

le yí kuàir　zhuǎn
了一块儿,转

shēn biàn zǒu　nà
身便走。那

ge mài huáng jīn
个卖黄金

的人急得喊起来：“快来人啊！不好啦！有人偷我的金子啦！快来抓小偷啊！”巡官很快就抓到了那个偷黄金的人，于是审问道："真是大胆，光天化日之下，主人还在那儿，你为什么偷人家的黄金呢？"那个齐国人无辜地说："我拿黄金的时候并没有看见有人在呀，我的眼里只看见了黄灿灿的金子！"

寓言中的108个经典哲理

滥竽充数

zhàn guó shí qī qí guó yǒu yí wèi nán guō xiān sheng yóu yú tā bù xué wú shù yòu bù
战国时期,齐国有一位南郭先生,由于他不学无术,又不

qiú shàng jìn yīn cǐ jǐ hū nòng dào méi yǒu fàn chī de dì bù
求上进,因此几乎弄到没有饭吃的地步。

qí guó de guó jūn qí xuān wáng xǐ huan tīng jí tǐ chuī yú kě shì yuè duì de rén yuán méi
齐国的国君齐宣王喜欢听集体吹竽,可是乐队的人员没

yǒu nà me duō yú shì nán guō xiān sheng biàn mào chōng yuè shī hùn
有那么多,于是南郭先生便冒充乐师混

jìn le yuè duì tā ná zhe yú zuǒ kàn yòu kàn mó fǎng bié ren
进了乐队。他拿着竽,左看右看,模仿别人

de yàng zi fàng zài kǒu biān shà yǒu jiè shì de chuī zòu qí shí
的样子放在口边,煞有介事地吹奏,其实

gēn běn méi yǒu fā chū shēng
根本没有发出声

yīn wèi qí xuān wáng yǎn zòu
音。为齐宣王演奏

de shí kè dào le sān bǎi
的时刻到了,三百

míng yuè shī yì tóng chuī xiǎng
名乐师一同吹响

yú shēng yīn hóng liàng qì
竽,声音洪亮,气

shì páng dà　yuè shēng xiǎng chè le wáng gōng nèi wài
势庞大,乐声响彻了王宫内外。

qí xuān wáng tīng le zhī hòu fēi cháng gāo xìng
齐宣王听了之后非常高兴,

gěi sān bǎi míng yuè shī hěn fēng hòu de dài
给三百名乐师很丰厚的待

yù　nán guō xiān sheng yòu jīng yòu xǐ
遇。南郭先生又惊又喜,

tā cóng cǐ bù jǐn jiě jué le chī fàn wèn
他从此不仅解决了吃饭问

tí　ér qiě shēng huó de ān dìng fù
题,而且生活得安定富

yù　jiù zhè yàng　tā zài yuè duì li píng
裕。就这样,他在乐队里平

智慧宝盒

如果没有实
力,即使装得再
好也总有被别人
发现的那一天。

ān de hùn le xǔ duō nián
安地混了许多年。

hòu lái qí xuān wáng sǐ le　qí mǐn wáng jì chéng
后来齐宣王死了,齐湣王继承

le wáng wèi　zhè wèi xīn rèn de guó jūn yě fēi cháng xǐ
了王位。这位新任的国君也非常喜

huan tīng chuī yú　kě tā bù xǐ huan tīng hé zòu
欢听吹竽,可他不喜欢听合奏,

piān piān yào yuè shī men yí gè yí gè dān dú yǎn zòu
偏偏要乐师们一个一个单独演奏

gěi tā tīng　wú nài zhī xià　nán guō xiān sheng zhǐ
给他听。无奈之下,南郭先生只

hǎo qiāo qiāo de liū zǒu le
好悄悄地溜走了。

13

寓言中的108个经典哲理

神龟托梦

xiāng chuán zài chūn qiū shí qī   yì tiān bàn yè
相传在春秋时期，一天半夜，

sòng yuán jūn mèng jiàn yí gè rén duì tā shuō   wǒ cóng
宋元君梦见一个人对他说："我从

míng jiào zǎi lù de shēn tán zhōng lái   shì fèng jiāng shén de
名叫宰路的深潭中来，是奉江神的

chāi qiǎn dào hé shén nà lǐ bàn shì qù de   bú liào bàn lù
差遣到河神那里办事去的，不料半路

shang bèi yí gè jiào yú jū de yú fū zhuō qù le   sòng
上被一个叫余且的渔夫捉去了。"宋

yuán jūn xǐng lái yǐ hòu   jiào rén wèi tā zhān bǔ zhè ge mèng   zhān bǔ de
元君醒来以后，叫人为他占卜这个梦。占卜的

rén huí dá shuō   zhè shì shén guī a   sòng yuán jūn wèn dào   yú fū
人回答说："这是神龟啊。"宋元君问道："渔夫

dāng zhōng yǒu ge jiào yú jū de
当中有个叫余且的

ma   zuǒ yòu de chén liáo men shuō
吗？"左右的臣僚们说：

yǒu   sòng yuán jūn shuō   chuán lìng
"有。"宋元君说："传令

yú jū   qián lái cháo jiàn   dì èr
余且，前来朝见。"第二

天，余且来朝见宋元君，并献上神龟。宋元君既想杀死它，又想养着它，心中犹豫不决，于是又去卜卦。占卜的人说："那只龟作占卜用，肯定会吉利。"于是，宋元君令人把龟身破开，又掏空了龟的内脏，然后用它来占卜，结果占卜了七十二次，一次也没有出差错。孔子听说这件事后，感慨地说："这只神龟有本领在宋元君梦中显灵，却没有本领逃避余且的网，它的智慧能够做到七十二次占卜不出差错，却无法逃避破壳剖肠之灾。"

八哥学舌

人们用网捕到八哥后，便训练它模仿人说话。日久天长，八哥就能跟人学舌了。它每天颠来倒去就那么几句话，但是却自以为了不起，把谁都不放在眼里。

一天，一只蝉在院子

里不停地叫着，八哥听到蝉的叫声后，便对它说："喂，歇会儿行不行？就会发出单调难听的叫声，叫起来还没完没了，我会说人话，也没像你那么炫耀。"蝉微微一笑说："你能模仿人说话，这固然很好，然而你说的不是自己的话，实际上等于没说。我虽然叫得单调一些，可这些毕竟都是我自己的意思啊！"

八哥听了这席话，满脸通红，羞愧地低下了头。从此以后，八哥再也不跟主人学舌了。

智慧宝盒

不管我们学习多少知识，都应该积极思考，勇于发表自己的观点，而不应人云亦云。

卖 油 翁

běi sòng shí yǒu ge zhù míng de shè jiàn néng shǒu　míng jiào chén yáo zī　tā liàn jiù le yì
北宋时有个著名的射箭能手,名叫陈尧咨,他练就了一

shǒu shè jiàn de yìng běn lǐng
手射箭的硬本领。

yì tiān　chén yáo zī zài shè jiàn chǎng dì liàn xí shè jiàn　shè le shí zhī jiàn　jìng yǒu bā
一天,陈尧咨在射箭场地练习射箭,射了十支箭,竟有八

jiǔ zhī shè zhòng mù biāo　wéi guān de rén pāi shǒu jiào hǎo　chén yáo zī fēi cháng
九支射中目标。围观的人拍手叫好,陈尧咨非常

dé yì　dàn guān zhòng zhōng yǒu yí gè mài yóu de lǎo
得意。但观众中有一个卖油的老

tóur　què bù yǐ wéi rán　zhǐ lüè lüè diǎn tóu ér
头儿却不以为然,只略略点头而

yǐ　chén yáo zī wèn lǎo rén shuō　nín kàn wǒ shè de
已。陈尧咨问老人说:"您看我射得

zěn me yàng　lǎo rén huí dá shuō
怎么样?"老人回答说:

nǐ de jiàn fǎ hái suàn kě yǐ
"你的箭法还算可以,

zhǐ shì shú liàn bà le
只是熟练罢了。"

chén yáo zī tīng hòu　bù
陈尧咨听后,不

智慧宝盒

这则寓言告诉我们：无论多么难的事，只要我们坚持不懈地练习、实践，时间长了，一定会熟能生巧。

高兴了，他说："您难道有什么高明的本事吗？"听完陈尧咨的话，老人把一个装油的葫芦放在地上，又把一个铜钱盖在葫芦口上，然后用勺子舀起一勺油，朝钱眼儿倒下去。只见油像一根线一样穿过钱眼儿，流进葫芦里。勺里的油倒完了，铜钱上竟一点儿油星儿也没有沾上。围观的人无不拍手叫绝。老人说："没有什么了不起的，只不过是熟练罢了。"陈尧咨连连点头称是。

薛谭学歌

从前，有个叫薛谭的人，他听说秦青是位唱歌的高手，便去拜师学艺。秦青见薛谭的决心很大，便收他做了学生。

薛谭学得很认真，但是过了一段时间之后，他便骄傲起来了，以为老师的技艺自己已经全学到手了。于是他来到老师面前，请求离开。秦青也没有挽留他，只是说自己明日要为他饯行。

第二天一早，秦青摆酒为薛谭送行。酒过三巡，秦青引吭高歌，唱起了《送别曲》。这一曲时而高亢激昂，时而婉转动听，世间万物都被笼罩在这歌声里了。

薛谭听后，赞叹不已，他想到自己以为已将老师的全部技艺学到了手，心里很惭

愧。于是，他向秦青谢罪说："薛谭浅薄，自以为是，希望老师原谅，请老师允许我继续跟您学习吧！"

秦青原谅了他。

从此，薛谭便安下心来，努力学习，终于把老师唱歌的技艺全部学到了。

智慧宝盒

知识是无止境的，我们要懂得谦虚，不要浅尝辄止，满足于眼前的一点点成就。

叶公好龙

从前，楚国有个叫叶公的人，他非常喜欢龙。他的武器上画着龙，工具上刻着龙，屋子内外的墙上画着龙，柱子上到处都是龙的图案。天上的真龙听说叶公这样喜爱自己，便准备到他家去拜访一下。一天，真龙来到叶公的家里，它把龙头伸进窗子探望。叶公看见真龙来了，吓得失魂落魄，转身就跑。

智慧宝盒

是真喜欢还是假喜欢，是真情还是假意，只有在实际的情形中才能考验出来。

如此朋友

从前，有这样三个朋友。他们经常一起改变装束，趁夜深的时候出门去行窃。他们出门的时候总喜欢翻邻居的墙壁，这位邻居非常厌恶他们，于是就在他家墙壁的下面挖了一个坑。

一天晚上，这三个朋友又要翻过邻居的墙出门。第一个人首先掉进了大坑，但他没有吭声，反而招呼其他两个朋友快翻。接着第

二个人也翻了过来掉到了坑里，他正要喊，第一个掉在坑里的人急忙捂住他的嘴，不让他说话。一会儿，第三个人也翻墙而过掉到了坑里。这时，第一个人说："现在，大家都一样掉到坑里了，也就没有什么可以互相讥笑的了。"

智慧宝盒

自己受了挫折也希望朋友和自己一样遇挫，这样的朋友不值得结交。

倔强的父子

从前有一对父子，二人都是性格十分刚烈的人，遇事总爱较真儿。

有一天，家里来了客人，父亲就让儿子出去买些酒菜。儿子买完东西正要回家，在半路上碰见了一个人，两个人相向而行，谁也不肯让步，双方就这么互相瞪着眼，直挺挺地站在路中央。

儿子在外面与人较真儿，很久都没回来，家里的父亲着急了，好言安慰客人一番后，便找了个借口匆匆出去找儿子了。

智慧宝盒

人与人之间的矛盾在所难免，我们要互相谅解，互相谦让，退一步不仅方便别人，也方便自己。

父亲找到儿子之后，不但没有责备他，反而拍拍儿子的肩膀说："你先把酒菜带回去，招待好客人，我来对付他。"儿子点点头，回家陪客人去了。等把客人送走之后，儿子便回去接替父亲继续跟那个人面对面站着。

不知过了多久，那个人终于坚持不住，先让步了。父子俩虽然在这件无所谓的事上耗费了很多时间，但很为自己的"胜利"而高兴。

南橘北枳

齐国使者晏婴来到楚国，楚王设酒宴款待他。他们正喝得高兴，突然，有两名小吏捆着一个人来到楚王的面前。

楚王故意问："你们捆的这个人是哪国人，为什么绑他？"

一个小吏回答说："他是齐国人，因为盗窃被我们抓住了。"

楚王问晏婴说："难道齐国人生来就喜欢偷盗吗？"

晏婴从容地离开座位，走到楚王面前，

duì zài zuò de suǒ yǒu rén shuō　　wǒ men dōu tīng shuō
对在座的所有人说："我们都听说

guo　jú shù rú guǒ shēng zhǎng zài huái hé yǐ nán jiù huì
过，橘树如果生长在淮河以南就会

jiē jú zi　dàn shì jú shù shēng zhǎng zài huái hé yǐ
结橘子，但是橘树生长在淮河以

běi　tā jiù huì jiē chū zhǐ zi　jú zi hé zhǐ zi
北，它就会结出枳子。橘子和枳子，

yè zi chà bu duō　wài xíng hěn xiàng　dàn shì guǒ
叶子差不多，外形很像，但是果

shí de wèi dào què bù yí yàng　zhè shì wèi shén
实的味道却不一样。这是为什

me ne　yīn wèi tā men shēng zhǎng de shuǐ tǔ bù
么呢？因为它们生长的水土不

tóng a　xiàn zài nǐ men zhuō dào de zhè ge rén
同啊。现在你们捉到的这个人，

智慧宝盒

环境对人的影响很大，良好的环境可以使人学好，不好的环境则会让人的品行变坏。

shēng huó zài qí guó de shí hou　tā bìng méi yǒu dào qiè de xíng
生活在齐国的时候，他并没有盗窃的行

wéi　wèi shén me lái dào chǔ guó yǐ hòu què zuò qǐ tōu dào
为，为什么来到楚国以后却做起偷盗

de shì lai le ne　nán dào shì yīn wèi chǔ guó de
的事来了呢？难道是因为楚国的

shuǐ tǔ róng yì shǐ rén biàn chéng xiǎo tōu ma
水土容易使人变成小偷吗？"

chǔ wáng tīng le　fēi cháng gān gà　tā xiào
楚王听了，非常尴尬，他笑

zhe shuō　　dōu shuō shèng xián de rén shì bù kě yǐ
着说："都说圣贤的人是不可以

xì nòng de　wǒ zhēn shi zì tǎo méi qù le
戏弄的！我真是自讨没趣了。"

杨布打狗

战国时期，著名学者杨朱有个弟弟叫杨布。一天，杨布有事外出，回来的时候，不巧下起了大雨。杨布爱惜身上穿的白衣服，就赶紧脱了下来，穿着里面的黑衣服回家了。

杨布跑到门前，刚要进门，他家的狗就大声地朝他叫起来。原来，这只狗早上看见他穿的是白衣服，现在他竟然穿着黑衣服回来了，狗一下子

寓言中的108个经典哲理

rèn bu chū tā le
认不出他了。

yáng bù shēng qì de ná qǐ bàng zi zhuī zhe gǒu dǎ   tā de gē ge yáng zhū máng shàng qián
杨布生气地拿起棒子追着狗打。他的哥哥杨朱忙上前

lán zǔ shuō   nǐ zhè ge rén ya   nǐ zì jǐ xiǎng xiang kàn   rú guǒ zán men jiā de bái gǒu huí lái
拦阻说:"你这个人呀!你自己想想看,如果咱们家的白狗回来

de shí hou tū rán biàn chéng hēi de le   nǐ néng bú wèn ge qīng chu ma
的时候突然变成黑的了,你能不问个清楚吗?"

智慧宝盒

当你遭遇误解的
时候,不要冲动,设身
处地地为别人着
想,问题也许就能
迎刃而解。

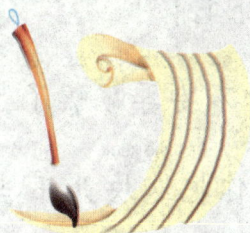

子罕不收玉

sòng guó yǒu yí gè jiào zǐ hǎn de
宋国有一个叫子罕的

xiàn guān wéi guān hěn lián jié yǒu yì tiān
县官，为官很廉洁。有一天，

yǒu ge xiāng xia rén nòng dào yí kuàir wèi
有个乡下人弄到一块儿未

jīng diāo zhuó de hún yù xīn xiǎng pāi mǎ pì
经雕琢的浑玉，心想拍马屁

de jī huì lái le tā lián máng pěng zhe zhè
的机会来了，他连忙捧着这

kuàir bǎo yù pǎo jìn guān fǔ qù xiàn gěi
块儿宝玉跑进官府去献给

zǐ hǎn zǐ hǎn zhí yì bù shōu zhè rén
子罕。子罕执意不收。这人

duì zǐ hǎn shuō zhè kuàir bǎo yù
对子罕说："这块儿宝玉

a zhǐ pèi gěi nín zhè yàng dé gāo wàng
啊，只配给您这样德高望

zhòng de jūn zǐ pèi dài nà xiē tān cái
重的君子佩戴，那些贪财

shòu huì de xiǎo rén kě bú pèi yòng qǐng
受贿的小人可不配用。请

nín yí dìng shōu xià tā
您一定收下它!"

qǐng nǐ bú yào zài luō suo le　zǐ hǎn
"请你不要再啰嗦了,"子罕

huí dá shuō　nǐ bǎ zhè kuàir　yù dàng zuò bǎo
回答说,"你把这块儿玉当做宝

bèi　wǒ què bǎ bù shōu zhè kuàir　yù dàng zuò
贝,我却把不收这块儿玉当做

wǒ de bǎo bèi
我的宝贝。"

nà rén tīng le　zhǐ hǎo huī liū liū de zǒu le
那人听了,只好灰溜溜地走了。

智慧宝盒

面对花言巧语和虚假的奉承以及物质方面的诱惑,一定要保持冷静,坚持原则。

愿换手指

yǒu yí gè shén xiān lái dào rén jiān　yòng diǎn shí chéng
有一个神仙来到人间，用点石成

jīn de bàn fǎ　shì yàn rén men shì bu shì tān cái　rú guǒ
金的办法，试验人们是不是贪财。如果

nà rén bù tān cái　jiù xiǎng bǎ tā chāo dù chéng shén xiān
那人不贪财，就想把他超度成神仙。

shén xiān zǒu le hěn duō dì fang　kǎo chá le xǔ
神仙走了很多地方，考察了许

duō rén　suǒ yù dào de rén dōu xián tā diǎn de
多人，所遇到的人都嫌他点的

jīn zi tài shǎo　jiù zhè yàng　shén xiān méi yǒu
金子太少。就这样，神仙没有

zhǎo dào yí gè bù tān xīn de rén　tā zhèng yào
找到一个不贪心的人。他正要

huí qù de shí hou　yù dào yí gè rén　shén xiān
回去的时候，遇到一个人，神仙

zhǐ zhe yí kuài shí tou shuō　wǒ bǎ zhè kuài shí
指着一块石头说："我把这块石

tou diǎn chéng jīn zi gěi nǐ yòng rú hé　nà
头点成金子给你用如何？"那

rén yáo tóu biǎo shì bú yào　shén xiān yǐ wéi tā
人摇头表示不要。神仙以为他

33

寓言中的108个经典哲理

嫌小，又指着一块儿大石头说："我把这块儿大石头点成金子给你用吧！"那人还是摇头。老神仙心里十分高兴，心想这个人没有贪财的心，实在难得。于是又问："你小金子、大金子都不要，那你想要什么？"那人伸出手指说："我只想要老神仙您刚才能点石成金的那根指头，这样我想要多少金子就点多少，不就更方便了吗？"老神仙听了这人的话，气得目瞪口呆。

智慧宝盒

对于得寸进尺、贪得无厌的人，表面上的清廉也难以掩盖其贪婪的本性，最终一定会自我暴露。

邹忌比美

战国时期，齐国的相国邹忌长得魁梧英俊。一天，他问妻子说："我和城北的徐公相比，哪一个漂亮呢？"

他的妻子回答说："您要漂亮得多，徐公哪能比得上您呢。"

城北的徐公，是齐国有名的美男子。邹忌真有点儿不相信，于是又去问他的小妾，小妾也说他更漂亮。

一天，家里来了一个客人，邹忌又问人家："我和徐公相比，哪一个漂亮呢？"

客人回答说："徐公没

寓言中的108个经典哲理

yǒu nín piào liang a
有您漂亮啊！"

yòu guò le yì tiān　xú gōng dào zōu jì jiā
又过了一天,徐公到邹忌家

li lái zuò kè　zōu jì zǐ xì de guān chá le xú
里来做客,邹忌仔细地观察了徐

gōng yì fān　gǎn dào zì jǐ zhēn shi méi yǒu xú
公一番,感到自己真是没有徐

gōng piào liang
公漂亮。

dào le wǎn shang　zōu jì tǎng zài chuáng
到了晚上,邹忌躺在床

shang rèn zhēn sī suǒ le yì fān　shuō　wǒ de
上认真思索了一番,说:"我的

qī zi shuō wǒ piào liang　shì piān ài wǒ　wǒ de
妻子说我漂亮,是偏爱我;我的

xiǎo qiè shuō wǒ piào liang　shì hài pà wǒ　kè rén
小妾说我漂亮,是害怕我;客人

shuō wǒ piào liang　shì yīn wèi duì wǒ yǒu suǒ
说我漂亮,是因为对我有所

qiú　ér bú shì yīn wèi wǒ zhēn de bǐ xú
求,而不是因为我真的比徐

gōng piào liang a
公漂亮啊！"

东郭先生和狼

cóng qián　　yǒu ge hǎo xīn rén jiào dōng guō xiān sheng　　yǒu yì tiān　　dōng guō xiān sheng gǎn zhe

从前，有个好心人叫东郭先生。有一天，东郭先生赶着

yì tóu máo lǘ chū mén　　lǘ bèi shang tuó zhe yí dài zi shū　　tā zǒu zhe zǒu zhe　　tū rán yíng miàn

一头毛驴出门，驴背上驮着一袋子书。他走着走着，突然迎面

pǎo lái yì zhī shòu le shāng de láng　　láng yì biān kū　　yì biān

跑来一只受了伤的狼。狼一边哭，一边

āi qiú dōng guō xiān sheng shuō　　　hǎo xīn de xiān

哀求东郭先生说："好心的先

sheng　　qiú nín jiù jiu wǒ ba　　wǒ zhèng bèi hòu miàn

生，求您救救我吧，我正被后面

de liè rén zhuī gǎn　　yào shi bèi

的猎人追赶，要是被

tā zhuī shàng le　　wǒ jiù

他追上了，我就

méi mìng le

没命了。"

dōng guō xiān sheng

东郭先生

jué de láng guài kě lián

觉得狼怪可怜

de　　jiù bǎ dài zi li

的，就把袋子里

的书全都倒了出来，让狼钻了进去，然后扎好袋口，把它放在毛驴背上。

猎人追来了，他问东郭先生："先生，请问您见过一只狼吗？"东郭先生指了指前方，说："狼朝那边跑了。"

猎人离开后，东郭先生把狼放了出来。狼说："先生，您好事做到底，让我吃了你吧，我现在好饿呀！"东郭先生一听吓坏了，说："我好心救了你的命，你不报答我也

智慧宝盒

不要相信恶人的话，因为无论他们的话说得多么好听，其目的都是为了让别人上当。

就算了，竟然还要吃掉我。"狼才不管这些呢，它张开大嘴就向东郭先生扑去，东郭先生吓得赶紧躲到驴子身后。

这时，正好走来一位老农，肩上还扛着一把锄头。东郭先生请他评评理。

老农听东郭先生说完后，对狼说："你这么大，怎么能钻进这么小的袋子里呢？我不信！""就能，就能！"狼一边争辩着，一边蜷着身子，又钻进了装书的袋子里。

老农和东郭先生赶紧把袋口扎紧，用锄头和木棍一顿猛打，几下子就把狼打死了。

长竿入城

从前，有一个鲁国人，他很早就来到了城门外，准备进城办事儿。因为他给亲戚带了一根长竹竿，所以到了城门口，他就犯难了。

他坐在城门外的土堆旁，看看城门，又看看手里的竹竿，一会儿皱皱眉，一会儿摇摇头，一副无可奈何的样子。有人问他："你为什么不进城呢?"他回答道："我拿着这么长的竹竿,怎么能进得去呢?"

问他的人感到十分好笑,故意又接着问："你没有试过,怎么知道竹竿拿不进城呢?"这人回答说："这还用试吗?城门比竹竿矮一大截儿,城门的宽度又比竹竿的长度窄得多,怎么能拿得进去呢?"说着,他真的站起来,拿着竹竿到城门口横竖比量起来。

围观的人都在窃窃地笑,人们有意谁也不去点破他,看他到底怎么办。这时,一位风趣的老人走到他的身边,一本正经地说："年轻人,有什么难事儿,我可以帮你吗?"一看是一位上了年纪的老人,这个鲁国人觉得他肯定见多识广,有办法帮助自己,于是便告诉了老人自己的困难。

41

寓言中的108个经典哲理

老人听后，笑着说："既然你想听我的，我就给你出个主意，把竹竿折断了，你不就可以进城了吗？"那人听了老人的话，果然把竹竿折断了，然后高高兴兴地进了城。

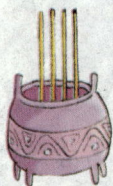

鲁侯养鸟

有一天，鲁国的城郊飞来一只罕见的鸟。它的头抬起时，身高有八尺，样子很漂亮，就像传说中的凤凰。有人说："这是只海鸟。"猎人们知道鲁侯喜欢养鸟，就捉住了这只海鸟，把它献给了鲁侯。鲁侯唯恐海鸟死去，把它视为贵宾，在庙堂里恭恭敬敬地设酒宴招待海鸟，下令让高级厨师每天给海鸟准备丰盛的酒席，自己则守候在海鸟身旁，诚心诚

意地请海鸟享用美食，还叫乐
队演奏高雅的乐曲，让海鸟欣
赏。可是那只海鸟却被吓得神
魂颠倒，一点儿东西也不敢
吃，一滴水也不敢喝，三天后这
只海鸟在极度惊吓中死去了。
鲁侯伤心极了，但他始终想
不明白自己到底错在哪里。

智慧宝盒

做任何事情都要
讲求方法，对症下药，
否则只能越做越
糟，适得其反。

画鬼最易

从前有一个高明的画家,有一天被请进宫中为齐王绘画。在绘画过程中,齐王问道:"相比之下什么东西最难画?"画家回答说:"狗和马最难画。"齐王又问:"那什么东西最容易画呢?"画家回答说:"鬼最容易画。"齐王问道:"那是为什么呢?"画家回答说:"因为狗和马是人人都熟悉的,只要有一点儿画得不像,就会被人挑出毛病,所以难画。特别是动态中的狗和马尤其难画,因为它们既有形又不定形。至于鬼,那是无形

智慧宝盒

有些问题的答案有很多种,在没有严格标准的时候,很多答案都是对的,事情处理起来也就显得简单多了。

寓言中的108个经典哲理

de dōng xi   fǎn zhèng shéi yě méi kàn dào guo   méi yǒu gù dìng de xíng tǐ   yě méi yǒu míng què de
的东西,反正谁也没看到过,没有固定的形体,也没有明确的

xiàng mào   suí nǐ xiǎng zěn me huà jiù zěn me huà   huà chu lai yǐ hòu   shéi yě bù néng zhèng míng huà
相貌,随你想怎么画就怎么画,画出来以后,谁也不能证明画

de zhè ge bú xiàng guǐ   suǒ yǐ shuō guǐ zuì róng yì huà
的这个不像鬼,所以说鬼最容易画。"

挖井得一人

从前，宋国有一户姓丁的人家，因为家里没有井，每天都得派一个人到远处去用车拉水。后来，丁家人自己打了一口井，这下便可以腾出那个运水的人来干别的事情了。

丁家人逢人便说："这下可好了，我家打了一口井，得了一个人！"

随后这件事一传十，十传百，到处都在传说丁家打井挖出了一个活人。这件事终于传到了宋国国君那里，他派人到丁家去查问。丁家人答道："我家是获得了一个人的劳力，可并不是从井里挖得一个人呀！"

智慧宝盒

我们在听到任何消息的时候都要思考其真实性和合理性，不思考就以讹传讹，会混淆视听，甚至闹出笑话。

寓言中的108个经典哲理

屠龙之技

gǔ shí hou yǒu yí gè rén míng jiào zhū píng màn tā
古时候，有一个人名叫朱平漫。他

xiǎng xué yì mén yì bān rén dōu bú huì de tè shū jì shù
想学一门一般人都不会的特殊技术，

yú shì tā bǎ jiā li zhí qián de dōng xi quán bù mài diào
于是他把家里值钱的东西全部卖掉，

chū mén bài shī xué yì qù le
出门拜师学艺去了。

sān nián yǐ hòu zhū píng
三年以后，朱平

màn xué wán le jì shù hěn gāo
漫学完了技术，很高

xìng de huí dào le jiā xiāng
兴地回到了家乡。

rén men guān xīn de wèn tā   zhè
人们关心地问他："这

sān nián shí jiān nǐ xué huì le
三年时间你学会了

shén me gāo chāo de shǒu yì
什么高超的手艺

a   zhū píng màn jiāo ào de
啊？"朱平漫骄傲地

智慧宝盒

再高深的技艺,如果没有用武之地,也只能将其束之高阁,还把宝贵的时间白白浪费掉了。

huí dá shuō wǒ xué huì le zhuān mén shā lóng
回答说:"我学会了专门杀龙

de jué jì jiē zhe tā jiù kuā yào qǐ zì
的绝技!"接着,他就夸耀起自

jǐ shā lóng de běn shi
己杀龙的本事。

kě shì rén men duì tā shuō nǐ zhǎng
可是,人们对他说:"你掌

wò le shā lóng de zhè tào běn lǐng guǒ rán shì
握了杀龙的这套本领,果然是

liǎo bu qǐ de jué jì kě shì nǎ lǐ yǒu shén
了不起的绝技,可是,哪里有什

me lóng ràng nǐ tú shā ne
么龙让你屠杀呢?"

jīng dà jiā zhè
经大家这

me yì shuō zhū píng màn zhè cái huǎng rán dà wù gǎn dào zì
么一说,朱平漫这才恍然大悟,感到自

jǐ huā le zhè me duō qián xīn xīn kǔ kǔ
己花了这么多钱,辛辛苦苦

de xué lái de nà tào běn lǐng què gēn běn
地学来的那套本领,却根本

méi yǒu dì fang shǐ yòng
没有地方使用。

楚人学齐语

从前，楚国有个大夫，他想让儿子学说齐国话，于是便请了一个齐国人来教儿子。但由于周围有许多楚国人吵闹和干扰，虽然天天用鞭子抽打，他的儿子最终还是没有学会说齐国话。后来，这个大夫把儿子带到齐国的村子住了几年，结果他的儿子很快就会说齐国话了。相反，你再让他说楚国话，尽管天天打他，他也不会说了！

智慧宝盒

环境对一个人的学识和修养的熏陶有巨大的作用，所以，在求学时找一个适合自己的环境非常重要。

其父善游

cóng qián yǒu ge rén zài guò jiāng
从前，有个人在过江
shí kàn jiàn yí gè rén zhèng lā zhe yí
时，看见一个人正拉着一
gè xiǎo háir yào bǎ tā tóu dào jiāng
个小孩儿，要把他投到江
li qù hái zi xià de dà shēng kū jiào
里去，孩子吓得大声哭叫，
shǒu jǐn jǐn de zhuā zhe nà ge rén bú fàng
手紧紧地抓着那个人不放
kāi wéi guān de rén hěn duō tā
开。围观的人很多，他
men bù jiě de wèn nà ge rén
们不解地问那个人：
wèi shén me yào bǎ zhè
"为什么要把这
me xiǎo de hái zi wǎng jiāng
么小的孩子往江
li rēng ne nà rén huí
里扔呢？"那人回
dá shuō wǒ zhī suǒ yǐ
答说："我之所以

好孩子智慧成长阶梯

要把这个孩子往江里扔，是因为他父亲会游泳，而且水性很好，因此他的水性肯定也不错!"旁观的人一听，忙阻止了他。一个人责备他说："他的父亲

会游泳，难道他就一定也会游泳吗？像这样处理问题，简直是荒唐透顶!"那人一听，也觉得自己愚蠢极了，忙放下那个小孩儿，灰溜溜地跑了。

智慧宝盒

游泳并不是一项先天遗传的技能，因此这种生搬硬套的推理是没有任何科学根据的。

52

为虎作伥

从前，一只贪心的老虎在森林里寻找食物，它走到一棵大树下隐藏起来，耐心等待猎物。不一会儿，来了一个砍柴的人，老虎猛然跃出，把这个人咬死了。这个人虽然被老虎作为鲜美的食物痛痛快快地吃了一顿，但老虎却不准他的灵魂离开。如果要离开，必须再找一个人给它吃，由第二个人的灵魂代

tì dì yī ge rén de líng hún zhè ge tuō lí ròu
替第一个人的灵魂。这个脱离肉

tǐ de líng hún jiù shì chāng guǐ chāng guǐ wèi le
体的灵魂就是伥鬼。伥鬼为了

zǎo rì lí kāi lǎo hǔ tā diǎn tóu hā yāo xīn
早日离开老虎，他点头哈腰，心

gān qíng yuàn de gěi lǎo hǔ dàng bāng xiōng tā jī
甘情愿地给老虎当帮凶。他积

jí wèi lǎo hǔ xún zhǎo lìng yí ge rén chāng guǐ
极为老虎寻找另一个人。伥鬼

bǎ rén zhǎo lái hòu hái tì lǎo hǔ
把人找来后，还替老虎

bǎ nà rén de yī fu tuō diào ràng
把那人的衣服脱掉，让

lǎo hǔ chī qi lai gèng fāng biàn zhè
老虎吃起来更方便。这

pī chāng guǐ jiù zhè
批伥鬼就这

yàng yí gè jiē zhe
样一个接着

yí gè de wèi lǎo hǔ
一个地为老虎

fú wù zhe
服务着。

盼枭成凤

chǔ guó de tài zǐ yòng wú tóng de guǒ shí yǎng xiāo
楚国的太子用梧桐的果实养枭

niǎo xī wàng tā néng biàn chéng fèng huáng fā chū fèng huáng de
鸟,希望它能变成凤凰,发出凤凰的

jiào shēng
叫声。

chūn shēn jūn tīng
春申君听

shuō le zhè jiàn shì jiù
说了这件事,就

shuō xiāo niǎo jiù shì xiāo niǎo jí shǐ wèi tā wú
说:"枭鸟就是枭鸟,即使喂它梧

tóng guǒ yě bù kě néng biàn chéng fèng huáng chūn shēn
桐果也不可能变成凤凰。"春申

jūn de yí gè péng you tīng tā zhè yàng shuō jiù duì
君的一个朋友听他这样说,就对

chūn shēn jūn shuō nǐ jì rán zhī dào xiāo niǎo wú
春申君说:"你既然知道枭鸟无

fā yòng shí wù jiāng qí biàn chéng fèng huáng nǐ de
法用食物将其变成凤凰,你的

智慧宝盒

品质不好的人本性难以改变,如果把希望寄托在他们身上,希望一定会落空的。

mén xià yǎng zhe nà me duō xiǎo tōu wú lài kě nǐ què hái shi chǒng ài tā men duì tā men shí fēn
门下养着那么多小偷无赖，可你却还是宠爱他们，对他们十分

yōu dài gěi tā men jīng měi de shí wù huá lì de yī fu zhǐ wàng zhe tā men rì hòu chéng wéi
优待，给他们精美的食物，华丽的衣服，指望着他们日后成为

dòng liáng zhī cái lái bào dá nǐ zài wǒ kàn lái nǐ de zhè zhǒng zuò fǎ hé yòng wú tóng guǒ shí
栋梁之才来报答你，在我看来，你的这种做法和用梧桐果实

wèi xiāo niǎo ér zhǐ wàng tā men biàn chéng fèng huáng yí yàng bú qiè shí jì
喂枭鸟而指望它们变成凤凰一样不切实际。"

dàn shì chūn shēn jūn bìng méi yǒu lǐng wù dào péng you huà zhōng de shēn yì hòu lái tā bèi rén
但是春申君并没有领悟到朋友话中的深意，后来他被人

shā hài tā mén xià de zhū duō shí kè méi yǒu yí gè néng gòu chū lái wèi tā bào chóu de
杀害，他门下的诸多食客没有一个能够出来为他报仇的。

许金不酬

yǒu yí gè shāng rén yào guò hé　dàn shì chuán zài dù hé de shí hou fān le　tā zhuā zhe
有一个商人要过河，但是船在渡河的时候翻了。他抓着

yí kuài mù bǎn dà hǎn jiù mìng　zhè shí yǒu yí gè yú rén jià chuán qù jiù tā
一块木板大喊救命，这时有一个渔人驾船去救他。

shāng rén kàn jiàn yú rén　jiù duì yú rén shuō　wǒ shì zhè yí dài
商人看见渔人，就对渔人说："我是这一带

de dà shāng rén　rú guǒ nǐ bǎ wǒ jiù le　wǒ huì gěi nǐ
的大商人，如果你把我救了，我会给你

liǎng jīn zi zuò wéi bào chou　yú rén tīng hòu
100两金子作为报酬。"渔人听后

fēi cháng gāo xìng　biàn bǎ shāng rén jiù shàng le àn
非常高兴，便把商人救上了岸。

méi xiǎng dào shāng rén shàng le àn　jìng rán zhǐ
没想到商人上了岸，竟然只

gěi le yú rén　liǎng jīn zi　yú rén shuō　nǐ
给了渔人10两金子。渔人说："你

bú shì dā ying gěi wǒ　liǎng jīn
不是答应给我100两金

zi ma　zěn me xiàn zài zhǐ gěi wǒ
子吗？怎么现在只给我

liǎng ne　shāng rén shuō　nǐ
10两呢？"商人说："你

zěn me hái bù zhī zú ne　nǐ dǎ yú yì tiān cái
怎么还不知足呢?你打鱼一天才

néng zhèng duō shao qián a　xiàn zài gěi nǐ　liǎng
能挣多少钱啊,现在给你10两

jīn zi yǐ jīng bù shǎo le　nǐ zěn me néng zhè yàng
金子已经不少了,你怎么能这样

bù zhī zú ne　yú rén yáo yao tóu　wú nài de
不知足呢?"渔人摇摇头,无奈地

zǒu le
走了。

guò le yì xiē rì zi　shāng rén zài dù hé
过了一些日子,商人在渡河

de shí hou chuán fān le　tā dà hǎn jiù mìng　ér
的时候船翻了,他大喊救命,而

nà ge yú rén qià hǎo yě zài chǎng　dàn shì tā bìng
那个渔人恰好也在场,但是他并

méi yǒu xiàng shàng cì nà yàng qù jiù shāng rén　rén
没有像上次那样去救商人。人

men dōu wèn yú rén shuō　nǐ zěn me bú qù jiù
们都问渔人说:"你怎么不去救

nà ge shāng rén ne
那个商人呢?"

shàng cì wǒ jiù guo tā　dàn
"上次我救过他,但

shì tā xǔ nuò gěi wǒ de chóu jīn què
是他许诺给我的酬金却

bù kěn gěi wǒ
不肯给我。"

shāng rén zuì hòu bèi yān sǐ le
商人最后被淹死了。

曲突徙薪

yǒu wèi kè rén qù tàn fǎng yì jiā zhǔ rén　　tā men zài liáo tiān de shí hou　　zhè wèi kè rén
有位客人去探访一家主人，他们在聊天的时候，这位客人

wú yì zhōng fā xiàn zhǔ rén jiā de zào wū li qì le yí gè tè bié zhí de yān cōng　bìng qiě kào
无意中发现主人家的灶屋里砌了一个特别直的烟囱，并且靠

jìn yān cōng de dì fang hái duī fàng le hěn duō chái cǎo
近烟囱的地方还堆放了很多柴草。

zhè wèi kè rén jué de zhǔ rén zhè yàng qì yān cōng hěn wēi xiǎn　yóu qí shì chái cǎo hái duī
这位客人觉得主人这样砌烟囱很危险，尤其是柴草还堆

zài yān cōng páng biān　yú shì tā jiù tí xǐng zhǔ rén shuō　nǐ qì
在烟囱旁边，于是他就提醒主人说："你砌

de yān cōng shì zhí de　huǒ shì hěn róng yì mào chu lai de
的烟囱是直的，火是很容易冒出来的，

nǐ zuì hǎo bǎ tā gǎi qì chéng wān qū de　zhè
你最好把它改砌成弯曲的，这

yàng bǐ jiào ān quán　hái
样比较安全；还

yǒu chái cǎo duī zài
有柴草堆在

烟囱边，是很容易着火的，你应该把它搬得远一点儿。不然的话，可能会引发火灾！"主人听了，毫不在意。

过了不久，这位主人家果然发生了火灾，多亏邻居的帮忙，大火才被扑灭，但也损失了很多东西。

事后，主人宰牛置酒答谢帮忙的邻居，凡是那些在救火时奋不顾身而受了伤的人都被请去坐上席，其他救火的人也都按功劳的大小排定座次，但是他却没有请那个劝他把烟囱改成弯曲的人。

智慧宝盒

事情发生了，才知道谁是真的朋友，而对你帮助最大的人是劝你防患于未然的人。

心不在马

赵襄主跟王于期学赶马车，学了一段时间后就急着跟王于期较量。尽管他把所学的本领都用了出来，还换了几次马，最后还是输了。

赵襄主觉得一定是王于期没有尽心教他，便向他抱怨了一番。王于期说："我已经倾囊而授了，问题的症结在您自己啊！比赛的时候，你只是一

寓言中的108个经典哲理

wèi de zhù yì wǒ zài nǎ lǐ　shì chāo guò nǐ le hái shi kuài yào gǎn shàng nǐ le　yào zhī dào
味地注意我在哪里,是超过你了还是快要赶上你了,要知道,

gǎn mǎ chē xū yào de shì zhuān xīn zhì zhì　bì xū bǎ quán bù jīng lì dōu jí zhōng zài mǎ shēn
赶马车需要的是专心致志,必须把全部精力都集中在马身

shang　ér nǐ tài guān xīn chéng bài le　xīn si gēn běn jiù méi zài mǎ shēn shang
上,而你太关心成败了,心思根本就没在马身上!"

智慧宝盒

无论做什么事,我们都要把注意力集中在所做的事情上,只有这样才能把事情做好。

爱钱胜命

永州人都擅长游泳。一天,有五六个永州人同乘一条小船过湘江。突然天降大雨,河水暴涨。这时,船突然破了,船上的人都纷纷落入江中,众人都奋力游泳,向岸边逃生。

其中一个人使出全身的力气都没有平常游得快,和他一起渡江的同伴说:"你是我们中最会游泳的,今天为什么游得这么吃

力呢?"那人回答说:"我腰里有一千大钱,非常重,所以游不动。"同伴说:"风浪这样大,你为什么不把它扔掉逃命呢?"那人不说话,只是一个劲儿地摇头。过了一会儿,他更没有力气了,已经逃到岸上的人在江边大声喊:"你太愚蠢了,你连命都快没有了,还要这些钱干什么呢?快把它扔掉逃命吧。"那人还是摇了摇头,结果一个大浪过来,这人就被河水淹没了。

智慧宝盒

没有什么东西比生命更重要,所以,千万不要因为贪图钱财而做危及生命的事情。

曲高和寡

战国末年，楚国的顷襄王经常听到有人说宋玉的坏话，于是就把宋玉召来，当面质问他。

于是宋玉就给顷襄王讲了一个故事：

从前，楚国国都郢城来了一个唱歌的人。当他开始唱《下里》《巴人》这些通俗流行的曲子时，随着他一起唱的能有几千人；后来，当他唱《阳阿》《薤露》这样比较文雅的曲子时，跟随他一起唱的只有几百人；而当他唱《阳春》《白雪》这样高雅的曲子时，能够跟他一起唱的

65

寓言中的108个经典哲理

bú guò jǐ ge rén ér yǐ　yuán lái　qǔ zi de gé diào yuè gāo　néng gēn zhe chàng de rén jiù yuè
不过几个人而已。原来,曲子的格调越高,能跟着唱的人就越

shǎo
少。

sòng yù jiǎng wán hòu jiē zhe shuō　dào lǐ shì yí yàng de　rén lèi zhōng yě yǒu tè shū de
宋玉讲完后接着说:"道理是一样的。人类中也有特殊的

rén　tā men de měi hǎo sī xiǎng hé xíng wéi chāo chū cháng rén　nà xiē fán fū sú zǐ men　yòu zěn
人,他们的美好思想和行为超出常人,那些凡夫俗子们,又怎

néng lǐ jiě tā men ne
能理解他们呢!"

sòng yù de huà zhōng yú shǐ qǐng xiāng wáng gǎi biàn le duì tā de kàn fǎ
宋玉的话终于使顷襄王改变了对他的看法。

百发百中

春秋时期，楚国有一位神箭手，名叫养由基。他射出的箭百发百中，箭无虚发，因此名气很大。有一天，养由基又在表演射箭，他站在百步以外，瞄准一片柳树叶子，"嗖"的一声，弓响叶落。围观的人无不拍手叫好，一会儿工夫，围上来几千人，一齐为他欢呼。养由基扬扬自得，一连射出几十支箭，箭箭中的。

这时，从人群中走出一位白发老人，他和和气气地对养由基说："壮士呀，你的箭法实在不错，我可以教你射箭！""什么？你

智慧宝盒

凡事有利必有弊，因此我们必须从两方面权衡。只有这样，才能在保护自己的同时达到目的。

寓言中的108个经典哲理

教我射箭?"养由基差点儿笑出声来,心想:我是天下无双的神箭手,还用得着你来教吗?白发老人似乎看出了他的心思,坦率地说:"我不是教你如何拉弓,如何射箭,而是告诉你一个保住自己名声的方法。你想一想,如今你能在百步以外射中柳树叶子,百发百中,这是多么难得啊。可是你若是不在这个时候停止射箭,过一会儿你的身子疲倦了,气息虚弱了,胳膊没有力气了,万一拉弓、射箭时有了闪失,射不中目标,不是连以前百发百中的好名声都丢掉了吗?"养由基听了这话,顿时明白了老人的用意,连忙向他施礼道谢,背起弓回家去了。

涸辙之鲋

chuán shuō zhuāng zǐ jiā li hěn qióng　yǒu yì tiān tā jiā li duàn le chuī　biàn dào jiān hé hóu
传说庄子家里很穷,有一天他家里断了炊,便到监河侯

nà lǐ qù jiè liáng shi　jiān hé hóu shuō　　hǎo ba　děng dào nián dǐ　wǒ fēng yì li de bǎi xìng
那里去借粮食。监河侯说:"好吧。等到年底,我封邑里的百姓

dōu lái xiàng wǒ jiǎo nà fù shuì shí　wǒ jiè gěi nǐ sān bǎi liǎng huáng jīn　kě yǐ ma　zhuāng zǐ
都来向我缴纳赋税时,我借给你三百两黄金,可以吗?"庄子

yì tīng　qì de biàn le liǎn sè　tā qì
一听,气得变了脸色,他气

fèn de shuō dào　　wǒ zuó tiān lái de shí
愤地说道:"我昨天来的时

hou　tīng jiàn dào lù zhōng jiān yǒu hǎn　　jiù
候,听见道路中间有喊'救

mìng　de shēng yīn　wǒ huí tóu yí kàn
命'的声音,我回头一看,

yuán lái zài chē zhé zhōng yǒu yì tiáo　jì
原来在车辙中有一条鲫

yú　wǒ wèn tā　　jì yú a　zěn me
鱼。我问它:'鲫鱼啊,怎么

la　　jì yú huí dá shuō　　nǐ néng yòng
啦?'鲫鱼回答说:'你能用

yì dǒu huò jǐ shēng de shuǐ shǐ wǒ huó míng
一斗或几升的水使我活命

智慧宝盒

远水解不了近渴，所以，当朋友有困难时，应该伸出援助之手去帮助朋友。

ma? wǒ shuō dāng rán kě yǐ wǒ mǎ shàng
吗？'我说：'当然可以。我马上

dào dōng nán fāng qù yóu shuì wú yuè de jūn wáng
到东南方去，游说吴越的君王，

qǐng tā men jī yáng qǐ xī jiāng de shuǐ lái yíng jiē
请他们激扬起西江的水来迎接

nǐ huí qù kě yǐ ma jì yú qì de biàn le
你回去，可以吗？'鲫鱼气得变了

liǎn sè shuō wǒ
脸色说：'我

shī qù le zhèng
失去了正

cháng de shēng huó huán jìng xiàn zài wú
常的生活环境，现在无

chù cáng shēn wǒ rú guǒ néng dé dào yì
处藏身。我如果能得到一

dǒu huò zhě jǐ shēng shuǐ jiù kě yǐ huó
斗或者几升水就可以活

mìng nín jìng rán shuō chū zhè yàng de huà lai le hái
命。您竟然说出这样的话来了，还

bù rú zǎo diǎnr dào gān yú pù zi li qù zhǎo wǒ
不如早点儿到干鱼铺子里去找我

ne jiān hé hóu zhī dào zhuāng zǐ zài fěng cì zì
呢！'"监河侯知道庄子在讽刺自

jǐ xiū kuì de miàn hóng ěr chì
己，羞愧得面红耳赤。

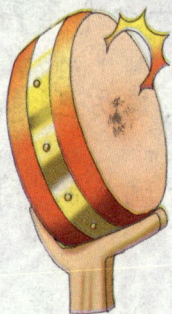

击鼓戏民

春秋时期，楚国有个规定：遇到了敌情，就击鼓召集老百姓来守城。

有一天，楚厉王喝醉了酒，稀里糊涂地拿起鼓槌就敲。老百姓听到了鼓声，慌慌张张地赶来守城。楚厉王连忙派人去制止，并要派去的人转告说："大王喝醉了酒，随便拿起鼓槌敲敲，是同大家闹着

玩儿的。"老百姓听了以后，十分生气，一个个不高兴地回家了。过了几个月后，真的有敌人来入侵时，楚厉王急忙击鼓发出警报，老百姓以为这次又是楚厉王闹着玩儿的，因此没有人去守城了。

智慧宝盒

信任是珍贵的。不要以牺牲信任为代价去换取一时的愉悦，否则会付出更大的代价。

精卫填海

tài yáng shén yán dì yǒu yí gè nǚ ér jiào nǚ wá tā fēi cháng xǐ huan dà hǎi shèn zhì
太阳神炎帝有一个女儿叫女娃，她非常喜欢大海，甚至

huàn xiǎng zhe yǒu yì tiān zì jǐ néng biàn chéng yì zhī hǎi ōu zì yóu zì zài de zài dà hǎi shang
幻想着有一天自己能变成一只海鸥，自由自在地在大海上

fēi xiáng
飞翔。

zhè tiān nǚ wá yòu xiàng wǎng cháng yí
这天，女娃又像往常一

yàng jià zhe yì tiáo xiǎo chuán dào bì bō wàn
样，驾着一条小船到碧波万

qǐng de dà hǎi li yóu wán nǚ wá zhèng zài hǎi
顷的大海里游玩。女娃正在海

shang huá chuán wán shuǎ tiān sè tū rán biàn le
上划船玩耍，天色突然变了，

guā qǐ le kuáng fēng xià qǐ le bào yǔ yì pái
刮起了狂风，下起了暴雨，一排

pái de hǎi làng xiàng yí zuò zuò xiǎo shān pī tóu
排的海浪像一座座小山，劈头

gài liǎn de xiàng tā yā lái yí gè jù làng yí xià
盖脸地向她压来。一个巨浪一下

zi jiù bǎ chuán nòng fān le měi lì de xiǎo nǚ
子就把船弄翻了，美丽的小女

娃被无情的海水淹没了。女娃的灵魂化成了一只鸟，名字叫精卫。精卫放弃了生前想要自由自在飞翔的愿望，她现在只有一个念头：把淹死自己的大海填平！不再让其他人受到同样的伤害！

　　从那以后每天一大早，精卫就飞到很远很远的山上，衔起一根小树枝或一块小石头，然后她飞呀飞呀，飞到大海上面，投下小树枝或小石头，还来不及喘上一口气，她又继续去衔树枝或小石头了。

就这样，精卫一天天地努力着，一些人看到精卫每天这样飞来飞去，忍

智慧宝盒

精卫填海的故事表现了一种坚毅不拔，不畏艰难，不达目的誓不罢休的精神。

bu zhù cháo xiào tā
不住嘲笑她："你想用树枝和
nǐ xiǎng yòng shù zhī hé

xiǎo shí tou tián píng dà hǎi jiǎn zhí shì zài zuò
小石头填平大海，简直是在做
mèng hái shi chèn zǎo sǐ le zhè fèn xīn ba
梦，还是趁早死了这份心吧！"
jīng wèi háo bú dòng yáo réng rán rì fù yí rì
精卫毫不动摇，仍然日复一日，
nián fù yì nián de tián hǎi zuì zhōng xiōng yǒng
年复一年地填海。最终，汹涌

de dà hǎi bèi zhí zhuó
的大海被执著
de jīng wèi gǎn dòng le
的精卫感动了，
píng rì li tā hěn shǎo
平日里，它很少
zài bō tāo xiōng yǒng ér
再波涛汹涌，而
shì chéng xiàn chū yí piàn
是呈现出一片
fēng píng làng jìng de ān
风平浪静的安
níng jìng xiàng
宁景象。

曾参杀猪

曾参是春秋时期道德修养很高的人，他是孔子的得意弟子。相传，他每天都很注意反省自己的言行，其中有一条是反省为人处事是否讲信用。

有一天早晨，曾参的妻子准备到集市上去买东西。正在家门口玩耍的小儿子看见了，非要跟妈妈一块儿去不可。曾妻嫌带上小孩子事情多，走得慢，就哄小儿子在家里玩儿，可小儿子说什么也不答应。曾妻急得没办法，一眼看见家里养的猪，就随口说道："好孩子，你听话，妈妈回来给你杀猪吃肉。"

小儿子便老老实实地在家里玩耍。

曾妻从集市上回来后，见曾参正在磨刀准备杀猪。

曾妻赶紧拦住丈夫说：

"哎呀，你怎么当真了！我那是哄他玩儿的话！"

曾参神情严肃地说："孩子小，还不懂事儿，他的一言一行，全都是跟着大人学的。我们自己许诺的事儿不兑现，那是在教孩子撒谎。"

在曾参的坚持下，他们还是把猪杀了。

智慧宝盒

身教重于言传，父母都应该像曾子那样讲究诚信，用自己的行动给孩子做表率。

望梅止渴

sān guó shí qī de yí gè xià tiān　cáo cāo dài bīng gōng dǎ zhāng xiù　jiàng shì men fēi cháng
三国时期的一个夏天，曹操带兵攻打张绣。将士们非常

kǒu kě　xíng jūn hěn kùn nan　cáo cāo mìng lìng duì wu tíng zhǐ qián jìn　pài rén sì xià zhǎo shuǐ　hē
口渴，行军很困难。曹操命令队伍停止前进，派人四下找水。可

shì zhè lǐ shì yí piàn huāng yuán　gēn běn zhǎo bu dào shuǐ hē　cáo cāo xīn
是这里是一片荒原，根本找不到水喝。曹操心

xiǎng　bù néng ràng qiān jūn wàn mǎ zài zhè wú shuǐ zhī dì　jiǔ liú
想：不能让千军万马在这无水之地久留，

děi xiǎng ge bàn fǎ ràng dà jiā zǒu chū zhè
得想个办法让大家走出这

ge huāng yuán cái xíng
个荒原才行！

yú shì　cáo cāo líng jī yí
于是，曹操灵机一

dòng　xiǎng chū le yí gè bàn fǎ　tā
动，想出了一个办法。他

zhàn zài gāo chù　dà shēng duì jiàng shì
站在高处，大声对将士

men shuō　yǒu shuǐ la　jiàng shì men yì tīng
们说："有水啦！"将士们一听

yǒu shuǐ　dōu lái le jīng shen　qiǎng zhe wèn　shuǐ
有水，都来了精神，抢着问："水

在哪儿?"曹操指着前
面说:"这条道我熟
悉,前边不远处有一
片梅林,咱们到那儿
去吃梅子吧!"听曹操
这么一说,将士们马
上想到了梅子的酸

味儿,人人嘴里都流出不少口
水,也就不那么难受了。曹操
趁此机会赶紧整顿队伍,继
续前进,终于带领大军走出了
这片大荒原。

智慧宝盒

我们要善于运用
自己的聪明才智解决
当前的困难。曹操
不就是灵机一动
想出了这个"止
渴"的妙招吗?

猴子捞月

yì tiān wǎn shang　sēn lín li de
一天晚上,森林里的

hóu zi men zài yì qǐ wán shuǎ　tā men
猴子们在一起玩耍,他们

cóng yì kē shù shang dàng dào lìng yì kē shù shang　bù zhī
从一棵树上荡到另一棵树上,不知

bù jué lái dào le hé biān
不觉来到了河边。

yì zhī xiǎo hóu zi tū rán kàn dào le hé li
一只小猴子突然看到了河里

de yuè yǐng　tā dà shēng chòng hóu zi men hǎn　　bù
的月影。他大声冲猴子们喊:"不

hǎo le　yuè liang diào dào hé li le　wǒ men kuài
好了,月亮掉到河里了。我们快

bǎ tā lāo chu lai ba
把它捞出来吧!"

yú shì　yì zhī hóu zi xiān pá
于是,一只猴子先爬

shàng dà shù　zhuā jǐn shù zhī　rán hòu
上大树,抓紧树枝,然后

dào chuí xia lai zhuā zhù lìng yì zhī hóu
倒垂下来抓住另一只猴

zi de liǎng tiáo tuǐ   yí gè lián yí gè
子的两条腿，一个连一个，

hěn kuài jiù pèng dào le hé li de yuè
很快就碰到了河里的月

yǐng   kě zuì dǐ xia de hóu zi gāng yào
影。可最底下的猴子刚要

bǎ   yuè liang pěng shang lai   yuè liang
把"月亮"捧上来，"月亮"

yí xià zi jiù bú jiàn le   guò le hǎo yí
一下子就不见了，过了好一

huìr   yě méi bǎ yuè liang lāo shang lai   zhè shí zuì
会儿也没把月亮捞上来。这时最

shàng miàn de hóu zi shuō dào   nǐ men kuài kàn   yuè liang zài
上面的猴子说道："你们快看，月亮在

tiān shang ne
天上呢！"

hóu zi men
猴子们

gǎn máng tái tóu   guǒ rán   jiǎo jié de yuè liang jiù guà zài
赶忙抬头，果然，皎洁的月亮就挂在

kōng zhōng   zhèng chòng zhe tā men wēi xiào ne
空中，正冲着他们微笑呢！

智慧宝盒

由于小猴子们不了解真相，所以白忙了一场。做任何事情之前都要经过思考再去行动。

寓言中的108个经典哲理

博士买驴

cóng qián yǒu yí gè dú shū rén，jīng cháng duì bié ren shuō zì jǐ yǒu xué wen，dà jiā yě jiù
从前有一个读书人，经常对别人说自己有学问，大家也就

xìn yǐ wéi zhēn le，dōu jiào tā bó shì
信以为真了，都叫他"博士"。

yǒu yí cì bó shì jiā mǎi lái yì tóu lú fù guo lú qián zhī hòu mài lú rén yào xiě yì
有一次，博士家买来一头驴，付过驴钱之后，卖驴人要写一

zhāng zì jù suàn zuò qì yuē bó shì jué de zhè zhèng shì zì jǐ dà xiǎn shēn shǒu de jī huì biàn
张字据，算做契约。博士觉得这正是自己大显身手的机会，便

shuō zhè ge mài lú de qì yuē ma yóu wǒ dài bǐ bāo nǐ
说："这个卖驴的契约嘛，由我代笔，包你

mǎn yì mài lú rén xiè guò bó shì zhàn zài
满意。"卖驴人谢过博士，站在

yì páng gōng hòu
一旁恭候。

bó shì tí bǐ zài zhǐ shang huī sǎ qǐ
博士提笔在纸上挥洒起

lai hěn kuài jiù xiě mǎn le yì zhāng zhǐ mài
来，很快就写满了一张纸。卖

lú rén gāo xìng de shuō wǒ kě yǐ ná zǒu
驴人高兴地说："我可以拿走

le ma bù bù bó shì yòu zhǎo
了吗？""不，不，"博士又找

来一张纸，继续挥笔写起来，
"你别急，我还没有写到你卖驴
的事儿呢！"卖驴人只好继续等
候着。博士一共写满了三张
纸，才放下笔，扬扬自得地说：
"拿回家去吧，别人看了一
定会称赞的！"卖驴人不
认识字，呆呆地望着这三
张纸，非常纳闷儿，问道："卖个驴
子需要写这么多字吗？"博士轻蔑地
说："你懂什么！快回家去吧！"这
时，旁边有个识字的老人，看了看这
三张纸，然后摇摇头说："契约
上怎么没有一个'驴'字呀？"博
士听了这句话，羞得面红耳赤。

智慧宝盒

学问是用来解决实际问题的，而不是用来炫耀的，如果一味地炫耀自己的学问，只能惹人嘲笑。

越王好勇

春秋时期，越王勾践很喜欢作战勇敢的战士，因此他教育臣子们要把士兵训练得生龙活虎，勇敢善战。

一天，他想试一试自己的军队是不是很勇敢，于是便暗地里安排手下的人放火烧掉他们的战船。

手下人奉命行事，顷刻间他的战船便烈焰熊熊，火光冲天，冒出了浓浓的黑烟。越王勾践

智慧宝盒

在做事的时候，一定要讲求方法，切不可为达到目的而什么都不顾。

suí jí dà shēng shuō　yuè guó de zhēn bǎo dōu zài
随即大声说："越国的珍宝都在
chuán shang ya　dà jiā kuài qù jiù huǒ　shuō
船上呀，大家快去救火。"说
wán　tā qīn zì léi xiǎng zhàn gǔ　fā chū chōng
完，他亲自擂响战鼓，发出冲
fēng de hào lìng　kě shì bīng men tīng dào gǔ shēng
锋的号令。可士兵们听到鼓声
hòu　dùn shí duì wu dà luàn　tā men cóng sì miàn
后，顿时队伍大乱，他们从四面

bā fāng xiàng chuán li luàn chōng luàn chuǎng
八方向船里乱冲乱闯，
wèi cǐ xiàn jìn huǒ hǎi li huó huó shāo sǐ
为此陷进火海里活活烧死
de　　zú yǒu bǎi yú rén
的，足有百余人。
kàn dào zhè zhǒng hùn luàn de
看到这种混乱的
zhuàng kuàng　wú nài de yuè
状况，无奈的越
wáng cái qiāo qǐ jīn zhōng
王才敲起金钟，
fā chū shōu bīng de hào lìng
发出收兵的号令。

铁杵磨成针

传说，李白小时候很聪明，可就是贪玩儿，不愿意学习。

这天，他正四处闲逛，突然看见一位白发苍苍的老婆婆正在小溪边吃力地磨着一根铁杵。李白觉得很奇怪，便走上前去询问。老婆婆说："我要把它磨成绣花针！"李白吃了一惊，问："这么粗的铁杵能磨成针吗？"老婆婆意味深长地说："只要功夫深，铁杵磨成针！"

李白听后觉得很惭愧，赶紧跑回家去，认认真真地读起书来。后来，李白终于成了一位著名的诗人。

智慧宝盒

学习、做事都要踏实，坚持不懈，只有这样，才能取得成功。

智子疑邻

cóng qián sòng guó yǒu ge cái zhu yīn wèi tiān
从前，宋国有个财主，因为天
xià dà yǔ tā jiā de qiáng bèi yǔ shuǐ chōng tā le
下大雨，他家的墙被雨水冲塌了。
tā ér zi shuō rú guǒ bù bǎ qiáng xiū hǎo xiǎo tōu
他儿子说："如果不把墙修好，小偷
yí dìng huì pá jin lai tōu dōng xi de lín jū de
一定会爬进来偷东西的。"邻居的
lǎo tóur yě zhè yàng shuō wǎn shang tā jiā guǒ
老头儿也这样说。晚上，他家果
rán bèi xiǎo tōu
然被小偷
dào zǒu le hěn
盗走了很
duō cái wù
多财物。

shì hòu cái zhu quán jiā jí lì chēng zàn zì jǐ de ér zi
事后，财主全家极力称赞自己的儿子
yǒu xiān jiàn zhī míng ér duì lín jū de lǎo tóur què chǎn
有先见之明，而对邻居的老头儿却产
shēng le huái yí
生了怀疑。

五十步笑百步

战国时期，孟子来到魏国京都大梁，拜见了国君梁惠王。梁惠王说："我对于治理国家，是很尽心的了。河内闹灾荒，我就把灾民迁移到河东，把粮食运往河内。再看一看邻国的国君，都没有像我这样关心百姓的。但是邻国的百姓却不见减少，我的臣民也不见增多，这是为什么呢？"孟子回答说：

dà wáng xǐ huan dǎ zhàng   qǐng ràng wǒ yòng dǎ zhàng lái zuò
"大王喜欢打仗，请让我用打仗来做
bǐ yù ba   dōng dōng léi qǐ zhàn gǔ shuāng fāng yǐ jīng
比喻吧。'咚咚'擂起战鼓，双方已经
jiāo fēng yǒu xiē pà sǐ de rén diū kuī qì
交锋，有些怕死的人丢盔弃
jiǎ   tuō zhe wǔ qì xiàng hòu táo pǎo   yǒu
甲，拖着武器向后逃跑。有
de pǎo le yì bǎi bù tíng xia lai   yǒu de
的跑了一百步停下来，有的
pǎo le wǔ shí bù tíng xia lai   pǎo le wǔ
跑了五十步停下来。跑了五
shí bù de cháo xiào pǎo yì bǎi bù de shì
十步的嘲笑跑一百步的是

智慧宝盒

判断一个事物的
性质不应以量为依
据，要善于发现它
的本质，孟子用生
动的例子为我们诠
释了这一点。

dǎn xiǎo guǐ   nín shuō zhè yàng zuò yīng gāi ma   liáng
胆小鬼，您说这样做应该吗？"梁
huì wáng shuō   bù yīng gāi nà xiē pǎo wǔ shí bù
惠王说："不应该，那些跑五十步
de zhǐ bu guò méi yǒu pǎo dào yì bǎi bù ér yǐ
的只不过没有跑到一百步而已，
zhè tóng yàng shì táo pǎo ma   mèng zǐ shuō   dà
这同样是逃跑嘛。"孟子说："大
wáng jì rán dǒng de zhè ge dào lǐ   nà me jiù bú
王既然懂得这个道理，那么就不
yào xī wàng bǎi xìng bǐ lín guó duō le
要希望百姓比邻国多了。"

寓言中的108个经典哲理

三虱相讼

有三只虱子生活在同一头猪的身上。一天，它们三个为了争夺猪身上最肥的地方吵了起来。一只路过的虱子说："难道你们不知道腊月祭祀的日子就要到了吗？那时候，这头猪就要被放在汤锅里了，你们还是抓紧时间饱餐一顿吧！"这三只虱子听了，觉得很有理，就立即停止了争吵，挤在一起拼命吸起猪血来。没想到的是，这头猪因为被吸了太多血，反而瘦了下来，人们也就放弃了杀它的念头。

智慧宝盒

在共同利益受到威胁的时候，耽于口舌之争是毫无意义的。

乡下人骑马

从前有一个乡下人来到了城里,他看见城里的人都骑着马,非常好奇,于是他也想骑一下试试,但是他一直也没有弄到马,只好非常遗憾地回到了家。

一天他在睡觉的时候梦到了自己在骑马,感到非常高兴。但是他醒了以后,却更加失落了。这时他的一个好朋友正好来看他,于是他就把这件事向他的好朋友倾诉了一番。他的好朋友非常同情他,就和他来到了城里,租了一匹马来让他骑。乡下人高

91

寓言中的108个经典哲理

gāo xìng xìng de qí zhe mǎ chū le chéng　méi xiǎng dào mǎ kàn jiàn chéng wài de qīng cǎo jiù xīng fèn qǐ
高兴兴地骑着马出了城，没想到马看见城外的青草就兴奋起

lai　tā kāi shǐ fēi kuài de bēn pǎo　xiāng xià rén bèi xià huài le　tā jǐn jǐn de bào zhe mǎ ān
来，它开始飞快地奔跑。乡下人被吓坏了，他紧紧地抱着马鞍，

jié guǒ hái shi bèi mǎ shuǎi le xià qù　tā yì tóu zhā jìn le ní tán li　rú guǒ bú shì tā de
结果还是被马甩了下去，他一头扎进了泥潭里，如果不是他的

hǎo péng you jí shí gǎn dào　xiāng xià rén jiù méi mìng le
好朋友及时赶到，乡下人就没命了。

xiāng xià rén huí dào jiā li hòu　duì tā de ér zi shuō　　nǐ yǐ hòu qiān wàn bú yào qí
　乡下人回到家里后，对他的儿子说："你以后千万不要骑

mǎ　yīn wèi nà yàng shì fēi cháng wēi xiǎn de　nǐ huì wèi cǐ ér sàng mìng de
马，因为那样是非常危险的，你会为此而丧命的。"

匠石运斧

chǔ guó de yǐng dū yǒu yí gè rén　　yì tiān tā gàn huór　de shí hou bù xiǎo xīn　bǎ bí
楚国的郢都有一个人,一天他干活儿的时候不小心,把鼻

zi jiān shang nòng shàng le yì diǎnr　bái sè de ní ba　zhè céng bái ní ba
子尖上弄上了一点儿白色的泥巴,这层白泥巴

fēi cháng báo　dà gài xiàng cāng yíng de chì bǎng yí yàng báo　tā xiǎng zhǎo rén
非常薄,大概像苍蝇的翅膀一样薄。他想找人

bǎ tā nòng xia lai　yú shì biàn qǐng le yí gè
把它弄下来,于是便请了一个

míng jiào shí de gōng jiàng　qǐng qiú tā bǎ
名叫石的工匠,请求他把

zǐ jǐ bí zi shang de bái ní ba nòng
自己鼻子上的白泥巴弄

diào　gōng jiàng tóng yì le　dǎ suàn yòng tā
掉,工匠同意了,打算用他

de fǔ zi bǎ ní ba xiāo qù
的斧子把泥巴削去。

gōng jiàng huī dòng fǔ
工匠挥动斧

zi　zhǐ tīng jiàn yí zhèn fēng
子,只听见一阵风

xiǎng　shǒu qǐ fǔ luò　bái ní
响,手起斧落,白泥

寓言中的 108 个经典哲理

智慧宝盒

有时候事情的成功需要一个好的搭档，如果没有一个好的搭档，就很难将本领发挥出来。

巴被削得干干净净，而鼻子却没有受到一点儿损伤。这个郢都人镇定自若，没有感到丝毫害怕。

大家都非常佩服工匠高超的技术，过了不久这件事就传到了楚国的国君楚元君耳朵里，楚元君很想见识一下这个工匠，就派人把工匠石请到了宫中，他对工匠说："听说你削东西的技艺很高，我很想知道你的技术到底有多高超，你就再削一次让我看看吧！"

工匠石说："我确实是很会削东西，但是，那个敢让我削的人在不久前已经去世了。"

还是车轭

智慧宝盒

对事物的认识来源于实践，对于自己不了解的东西，要有一个客观的认识，不能犯教条主义的错误。

hěn jiǔ yǐ qián hé nán zhèng xiàn yǒu yí gè rén
很久以前，河南郑县有一个人
zài huí jiā de lù shang jiǎn dào le yí gè chē è tā
在回家的路上捡到了一个车轭，他
wèn yí gè guò lù rén zhè shì ge shén me dōng
问一个过路人："这是个什么东
xi nà rén gào su tā zhè shì ge chē è
西？"那人告诉他这是个车轭。

zhè ge rén jì xù xiàng qián zǒu yòu jiǎn dào
这个人继续向前走，又捡到
le yí gè chē è jiù wèn yí
了一个车轭，就问一
gè guò lù rén dá àn hái
个过路人，答案还
shì chē è tā shí fēn shēng qì dà hǎn dào gāng cái wǒ jiǎn dào ge
是车轭。他十分生气，大喊道："刚才我捡到个
chē è xiàn zài zhè ge hái shì chē è nǎ lǐ lái de nà me duō chē
车轭，现在这个还是车轭，哪里来的那么多车
è nǐ yǐ wéi wǒ shì shǎ zi ma shuō wán jìng chōng shang qu
轭？你以为我是傻子吗？"说完，竟冲上去
hé rén jia dǎ qǐ jià lai
和人家打起架来。

寓言中的108个经典哲理

猴子逞能

^{yí cì wú wáng hé suí cóng men pān dēng shàng yí zuò hóu shān hóu zi jiàn yǒu rén shàng}
一次，吴王和随从们攀登上一座猴山。猴子见有人上
^{shān dōu jīng huāng de sì sàn táo pǎo wéi dú yǒu yì zhī hóu zi tiào lái tiào qù gù yì zài wú}
山，都惊慌地四散逃跑，唯独有一只猴子跳来跳去，故意在吴
^{wáng miàn qián mài nòng líng qiǎo}
王面前卖弄灵巧。

^{jiàn cǐ qíng jǐng wú wáng biàn shùn shǒu}
见此情景，吴王便顺手
^{ná qǐ gōng jiàn cháo nà zhī hóu zi shè qù}
拿起弓箭朝那只猴子射去，
^{nà zhī hóu zi mǐn jié de bǎ fēi jiàn jiē zhù}
那只猴子敏捷地把飞箭接住
^{le wú wáng yí kàn zhè zhī hóu zi rú cǐ}
了。吴王一看这只猴子如此
^{chāng kuáng biàn xià lìng ràng zuǒ yòu de shì}
猖狂，便下令让左右的侍
^{cóng yì qí fàng jiàn jiāng nà zhī hóu}
从一齐放箭，将那只猴
^{zi shè sǐ le}
子射死了。

^{wú wáng duì zì shì gōng gāo}
吴王对自恃功高

而骄傲的颜不疑说："这只猴子仗着自己灵巧，在人前炫耀，以至于这样死去了。我们要吸取教训不要拿你的地位去向别人卖弄啊！"

颜不疑回去以后，就拜贤人为师，尽力克服自己的骄气。三年后，颜不疑变得很谦逊，也很受人欢迎了。

智慧宝盒

不管有多大的本领，也不可当做骄傲的本钱，谦虚谨慎才能获得别人的尊重。

买犬捕鼠

qí guó yǒu ge cái zhǔ jiā li lǎo shǔ chéng qún nào de quán jiā rì yè bù níng yú shì
齐国有个财主，家里老鼠成群，闹得全家日夜不宁。于是

cái zhǔ huā le bù shǎo qián mǎi huí yì tiáo xiōng měng de láng quǎn xún yè guò le yí duàn shí jiān
财主花了不少钱，买回一条凶猛的狼犬巡夜。过了一段时间，

cái zhǔ jiā de lǎo shǔ fēi dàn méi jiàn jiǎn shǎo fǎn ér
财主家的老鼠非但没见减少，反而

bǐ yǐ qián nào de gèng xiōng le
比以前闹得更凶了。

智慧宝盒

解决问题时，一定要找对方法，对症下药。把握问题的关键，否则只会适得其反。

cái zhǔ ào sàng de wèn lín jū　　wǒ zhè
财主懊丧地问邻居："我这
zhǐ láng quǎn yòu dà yòu xiōng　lǎo shǔ wèi shén me yì
只狼犬又大又凶，老鼠为什么一
diǎnr　　yě bú hài pà　　lín jū gào su tā shuō
点儿也不害怕？"邻居告诉他说：
zhè kěn dìng shì tiáo hǎo gǒu　dàn shì tā bú huì dǎi
"这肯定是条好狗，但是它不会逮
lǎo shǔ　　nǐ yào huàn zhǐ māo cái xíng
老鼠，你要换只猫才行。"

yú shì　　cái zhǔ
于是，财主
yòu huā qián mǎi huí liǎng zhǐ
又花钱买回两只
māo　méi guò duō jiǔ　tā
猫。没过多久，他
jiā li de lǎo shǔ jiù shǎo
家里的老鼠就少
duō le　　zài guò yí zhèn
多了，再过一阵
zi　jiā li yì zhǐ lǎo
子，家里一只老
shǔ yě méi yǒu le
鼠也没有了。

纪昌学射

从前，有个叫纪昌的人想跟著名的射手飞卫学射箭。飞卫对他说："你应该先学会不眨眼，然后才能谈到学射箭。"

于是，纪昌回到家里，躺在妻子的织布机下，眼睛瞪着一上一下的脚踏板，一直练了两年，后来即便锥子尖儿刺到他的眼眶上，他的眼睛也不眨一下了。

纪昌去找飞卫。飞卫说："你还得锻炼眼力，你要能够把一个很小的东西看得很大，把一个很细微的东西看得很清楚，那时你再来找我。"

智慧宝盒

要想学好本领就必须苦练基本功，而且要持之以恒地练习。故事中的纪昌不就是我们学习的榜样吗？

jǐ chāng huí jiā yǐ hòu biàn yòng yì gēn
纪昌回家以后，便用一根
niú wěi ba shang de máo shuān shàng yí gè shī zi
牛尾巴上的毛拴上一个虱子，
guà zài chuāng hu shang měi rì mù bù zhuǎn jīng de
挂在窗户上，每日目不转睛地
kàn zhe tā sān nián zhī hòu tā yǎn li de shī
看着它。三年之后，他眼里的虱
zi jiù xiàng chē lún yí yàng dà zài kàn shāo dà
子就像车轮一样大，再看稍大
de dōng xi jiù xiàng xiǎo shān yí yàng le yú
的东西，就像小山一样了。于
shì jǐ chāng shì zhe lā gōng shè jiàn yí jiàn shè
是，纪昌试着拉弓射箭，一箭射

fēi le shī zi ér diào zhe shī zi de niú wěi ba máo
飞了虱子，而吊着虱子的牛尾巴毛
què wán hǎo wú sǔn
却完好无损。

jǐ chāng bǎ zhè jiàn shì gào su le fēi wèi fēi
纪昌把这件事告诉了飞卫。飞
wèi gāo xìng de shǒu wǔ zú dǎo tā shuō
卫高兴得手舞足蹈，他说：
shè jiàn de miào chù nǐ yǐ
"射箭的妙处你已
jīng xué dào shǒu le
经学到手了！"

寓言中的108个经典哲理

兄弟争雁

cóng qián yí duì xiōng dì qù dǎ liè hū rán yì zhī dà yàn
从前，一对兄弟去打猎。忽然，一只大雁

cóng tiān shang fēi guò tā men wǎn gōng dā jiàn zhǔn bèi bǎ dà yàn shè
从天上飞过，他们挽弓搭箭，准备把大雁射

xià lai gē ge shuō bǎ dà yàn shè xià lai hòu wǒ men jiù zhǔ
下来。哥哥说："把大雁射下来后，我们就煮

zhe chī tā de dì di zài yì páng què bù tóng yì tā zhēng biàn
着吃。"他的弟弟在一旁却不同意，他争辩

dào é ròu zhǔ zhe chī hǎo dà yàn kǎo zhe chī cái hǎo
道："鹅肉煮着吃好，大雁烤着吃才好

ne gē ge què réng jiān chí shuō dà yàn zhǔ zhe chī hǎo
呢。"哥哥却仍坚持说大雁煮着吃好。

liǎng rén wèi cǐ zhēng lùn bù xiū zuì
两人为此争论不休，最

hòu shéi yě shuō fú bu liǎo shéi zhǐ
后，谁也说服不了谁，只

hǎo qù zhǎo tǔ dì shén píng lǐ tǔ dì
好去找土地神评理。土地

shén yì tīng xiào le xiào shuō dào
神一听，笑了笑，说道：

zhè jiàn shì hěn róng yì bàn nǐ
"这件事很容易办，你

men bǎ dà yàn cóng zhōng jiān pōu kāi yí bàn zhǔ zhe chī yí
们把大雁从中间剖开,一半煮着吃,一

bàn kǎo zhe chī bú jiù kě yǐ le ma xiōng dì
半烤着吃,不就可以了吗?"兄弟

liǎ dōu tóng yì zhè ge yì jiàn jiù bú zài
俩都同意这个意见,就不再

zhēng chǎo le
争吵了。

kě shì dāng tā men tái tóu zài kàn
可是,当他们抬头再看

tiān kōng shí dà yàn zǎo yǐ jīng fēi de wú
天空时,大雁早已经飞得无

yǐng wú zōng le
影无踪了。

智慧宝盒

这则寓言告诉我
们:做事要当机立断,
否则就可能错失
良机。

寓言中的108个经典哲理

翠鸟筑巢

在树林中，生活着一种鸟，它长得不大，胆子也很小，因为它的羽毛是青绿色的，所以人们叫它翠鸟。

翠鸟的疑心很重，它很害怕人们去捕捉它，因此，总是把巢筑在高高的树枝上。等它们生了蛋，又怕蛋从窝里滑出去打破，于是又造了一个低一点儿的新巢，然后把蛋搬到新巢里来。等到小鸟孵出来了，唧唧喳喳地要食吃时，它们又怕小鸟从巢里跌下来摔死，马上又筑了一个离地面更近的新巢。

děng dào xiǎo niǎo yào xué fēi   zhàn zài cháo
等到小鸟要学飞，站在巢

biān pāi zhe liǎng ge chì bǎng   xiǎng wǎng wài fēi
边，拍着两个翅膀，想往外飞

shí   cuì niǎo gèng jiā ài tā men le   yě gèng pà
时，翠鸟更加爱它们了，也更怕

tā men huì diē sǐ   yú shì biàn yòu zào le yí
它们会跌死，于是便又造了一

gè xīn cháo xīn cháo lí dì miàn gèng jìn le
个新巢，新巢离地面更近了。

zhè shí   jiù shì xiǎo háir   yě kě yǐ hěn róng
这时，就是小孩儿也可以很容

yì de zhuō dào tā men le
易地捉到它们了。

寓言中的108个经典哲理

楚王好细腰

春秋时期,楚灵王特别喜欢腰细的官吏,谁的腰细,谁便可以得到丰厚的赏赐。于是,宫中的大臣们为了使自己有一副苗条的身段,都想方设法地减肥。他们每天早晨起床后,为了勒紧腰带,显示纤细的腰身,往往先蹲在地上,屏住呼吸,收紧腹部,然后再把腰带系紧,步履蹒跚地前去上朝。就这样,仅仅过了一年,楚国朝廷里的官吏虽然腰都变细了,可是他们却各个面黄肌瘦,好像都要被风吹倒似的。

智慧宝盒

楚王以个人的喜好决定臣子官职的大小,这必然会引起臣子们的曲意逢迎,这样下去必会危害国家。

拔苗助长

cóng qián yǒu ge nóng fū　yì nián chūn tiān　tā zài dì li zāi le yì xiē hé miáo　pàn wàng
从前有个农夫，一年春天，他在地里栽了一些禾苗，盼望

zhe néng yǒu ge hǎo shōu cheng
着能有个好收成。

jǐ tiān guò qù le　hé miáo hái shi
几天过去了，禾苗还是

nà me ǎi　tā fēi cháng zháo jí　xīn
那么矮。他非常着急，心

li xiǎng　hé miáo zhǎng de zhè me
里想：禾苗长得这么

màn kě bù xíng　wǒ děi xiǎng
慢可不行，我得想

ge bàn fǎ　yú shì tā fàn yě
个办法。于是他饭也

chī bu hǎo　jiào yě shuì bu
吃不好，觉也睡不

xiāng　zhōng yú xiǎng chū le　yí
香，终于想出了一

gè bàn fǎ
个办法。

zhè tiān　tiān gāng liàng　tā jiù
这天，天刚亮，他就

lái dào dì li bǎ hé miáo yì kē yì kē de
来到地里，把禾苗一棵一棵地

wǎng shàng bá jiù zhè yàng yì zhí máng huo dào tài
往上拔。就这样一直忙活到太

yáng luò shān tā cái jīn pí lì jìn de huí dào
阳落山，他才筋疲力尽地回到

jiā li
家里。

yí jìn jiā mén tā jiù xīng fèn de gào su
一进家门，他就兴奋地告诉

jiā rén shuō jīn tiān kě bǎ wǒ lèi huài le wǒ
家人说："今天可把我累坏了，我

智慧宝盒

任何事物的发展都有其自身的规律，违背这些规律只能得到失败的结果。

xiǎng le ge bàn fǎ ràng hé miáo zhǎng gāo
想了个办法，让禾苗长高

le bù shǎo
了不少。"

ér zi yì tīng mǎ shàng pǎo dào
儿子一听，马上跑到

tián li tā yí kàn jiù shǎ yǎn le yuán
田里，他一看就傻眼了：原

xiān lǜ yóu yóu de hé miáo
先绿油油的禾苗，

quán dōu kū sǐ le
全都枯死了。

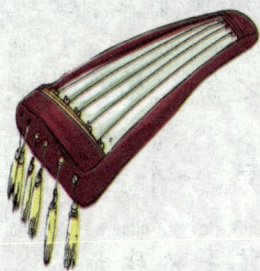

稀世珍琴

gǔ shí hou　　yǒu ge míng jiào gōng zhī qiáo de rén　　yì tiān　　tā dé dào yí kuài yōu zhì tóng
古时候，有个名叫工之侨的人。一天，他得到一块优质桐

mù　biàn bǎ tā zhì zuò chéng yì zhāng qín　ān shàng qín xián yì
木，便把它制作成一张琴，安上琴弦一

tán　shēng yīn chún hòu　hé xié rù ěr　gōng zhī qiáo rèn wéi zhè
弹，声音淳厚，和谐入耳。工之侨认为这

shì tiān xià shǎo yǒu de　yì zhāng hǎo qín　jiù ná qù xiàn gěi cháo
是天下少有的一张好琴，就拿去献给朝

tíng zhǎng guǎn lǐ yuè de guān yuán　lǐ yuè guān ràng huáng
廷掌管礼乐的官员。礼乐官让皇

jiā de yuè gōng jiǎn yàn　yuè gōng kàn bu qǐ zhè zhāng
家的乐工检验，乐工看不起这张

qín　gōng zhī qiáo huí jiā hòu xiǎng le yí gè
琴。工之侨回家后想了一个

bàn fǎ　tā ràng yóu qī gōng zài
办法。他让油漆工在

qín shang zhì le xǔ duō liè
琴上制了许多裂

wén　yòu qǐng diāo kè gōng zài qín
纹；又请雕刻工在琴

shang tí kè le gǔ rén de kuǎn
上题刻了古人的款

zhì　　rán hòu yòu bǎ qín zhuāng jìn xiá zi li　　mái dào tǔ zhōng
识,然后又把琴装进匣子里,埋到土中。

yì nián zhī hòu　　gōng zhī qiáo bǎ qín qǔ chu lai　　bào dào
一年之后,工之侨把琴取出来,抱到

jí　shì shang qù mài　　yí gè xiǎn guì de guò lù rén
集市上去卖。一个显贵的过路人

kàn jiàn le　　biàn huā dà jià qián bǎ tā mǎi xia lai
看见了,便花大价钱把它买下来,

rán hòu xiàn gěi cháo tíng　　yuè shī　　yuè gōng men pěng zhe
然后献给朝廷。乐师、乐工们捧着

zhè zhāng qín　　zhēng xiāng chuán kàn　　qí shēng chēng zàn
这张琴,争相传看,齐声称赞

shuō　　à　　zhēn shi shì shàng shǎo yǒu de zhēn pǐn
说:"啊,真是世上少有的珍品!"

智慧宝盒

并不是越古老的东西就越好,我们要根据实际情况而不是年代久远来辨别事物的价值。

HAOHAIZI zhihuichengzhang jieti

好孩子
智慧成长阶梯

小笨熊献给孩子的话

　　大家好，我是你们的好朋友——小笨熊，我刚从智慧城堡旅行回来，给大家带来这套礼物——《好孩子智慧成长阶梯》，希望大家和我一起在书香中品味智慧果。

寓言中的 108 个经典哲理

下

崔钟雷　主编

万卷出版公司

寓言中的108个经典哲理

前言

　　童年是一片欢乐的海洋，一阵凉爽的海风、一只美丽的海星、一朵跳跃的浪花、一个七彩的贝壳，都吸引着孩子的目光，仿佛这片海洋里有许多解不开的谜，有太多令人神往的秘密，还有着永远难以忘怀的回忆。在这片充满着神秘与希望的大海中，孩子一天天长大，他们驾着知识的小舟，勇敢地向着智慧的彼岸航行。

　　这是一套能够给孩子带来智慧、快乐与思索的书。本套书以启迪孩子智慧、净化孩子心灵为宗旨，让孩子在学习百科知识、接受经典文化熏陶的同时，体会阅读的快乐。这套书包括《中国孩子最感兴趣的108个太空之谜》《中国孩子最感兴趣的108个植物之谜》《唐诗中的108个经典佳句》《儿歌中的108个科学知识》《寓言中的108个经典哲理》等共十本。全书文字精美、语言简洁，图片生动逼真，版式设计独特典雅，值得孩子永远珍藏。

　　愿孩子在这套书的陪伴下，开始漫长而愉快的智慧之旅！

寓言中的108个经典哲理

目录

寓言中的**108**个经典哲理

目录

寓言中的108个经典哲理

目录

寓言中的108个经典哲理

目录

屠牛吐拒婚

qí wáng xuǎn nǚ xu　　tiāo zhòng le yí gè jiào
齐王选女婿，挑中了一个叫
tǔ de shā niú rén　tǔ què jù jué le zhè mén hūn shì
吐的杀牛人，吐却拒绝了这门婚事。
péng you men dōu wèi tā wǎn xī　jué de tā cuò guò le
朋友们都为他惋惜，觉得他错过了
yí gè hǎo jī huì　tǔ què yì kǒu yǎo dìng qí
一个好机会。吐却一口咬定齐
wáng de nǚ ér tài chǒu　péng you men shuō　　nǐ
王的女儿太丑。朋友们说："你
yòu méi yǒu jiàn guo　zěn me zhī dào tā zhǎng de
又没有见过，怎么知道她长得
chǒu ne
丑呢？"

tǔ shuō　　rú guǒ tā hěn piào liang　zěn
吐说："如果她很漂亮，怎
me huì xuǎn wǒ zhè ge shā niú de ne　　hòu lái tǔ de yí gè péng you jiàn dào le qí wáng de nǚ
么会选我这个杀牛的呢？"后来吐的一个朋友见到了齐王的女
ér　guǒ rán qí chǒu wú bǐ
儿，果然奇丑无比。

9

寓言中的108个经典哲理

一叶蔽目

gǔ shí hou   zài chǔ guó zhù zhe yí gè qióng shū shēng   tā bú wù zhèng yè   chéng tiān hú
古时候，在楚国住着一个穷书生。他不务正业，成天胡

sī luàn xiǎng   xī wàng zhǎo dào yí gè fā jiā zhì fù de wāi mén xié dào
思乱想，希望找到一个发家致富的歪门邪道。

yí cì   tā zài   huái nán zǐ   zhōng kàn dào zhè yàng de   jì zǎi   táng láng bǔ chán qián yòng
一次，他在《淮南子》中看到这样的记载：螳螂捕蝉前用

lái yǐn bì zì jǐ de shù yè kě yǐ jiāng rén yǐn cáng qi lai   tā
来隐蔽自己的树叶可以将人隐藏起来。他

jìng xìn yǐ wéi zhēn   dào chù qù xún zhǎo zhè zhǒng kě yǐ yǐn shēn
竟信以为真，到处去寻找这种可以隐身

de shù yè   kě dāng tā zhāi shù yè shí   què bù xiǎo xīn jiāng
的树叶。可当他摘树叶时，却不小心将

shù yè diào dào le dì shang   hé dì shang de
树叶掉到了地上，和地上的

xǔ duō shù yè hùn zài yì qǐ   tā jiù
许多树叶混在一起。他就

bǎ dì shang suǒ yǒu de shù yè dōu yòng
把地上所有的树叶都用

kuāng zi zhuāng huí jiā qù le
筐子装回家去了。

huí dào jiā hòu   tā biàn ràng qī
回到家后，他便让妻

zi bāng tā shì nǎ yí piàn shù yè
子帮他试哪一片树叶
cái néng yǐn shēn tā shì le yí piàn
才能隐身,他试了一片
yòu yí piàn shí jiān yì cháng qī
又一片,时间一长,妻
zi bú nài fán le jiù piàn tā
子不耐烦了,就骗他
shuō kàn bu jiàn shū shēng yǐ wéi zhēn
说:"看不见!"书生以为真
de zhǎo dào yǐn shēn shù yè le shí fēn gāo xìng
的找到隐身树叶了,十分高兴。

yì tiān tā dài zhe zhè piàn shù yè dào shì chǎng qù tōu
一天,他带着这片树叶到市场去偷

yú jié guǒ bèi dāng chǎng zhuā zhù yā sòng dào
鱼,结果被当场抓住,押送到
xiàn yá qù le xiàn guān shēng táng shěn wèn shí shū
县衙去了。县官升堂审问时,书
shēng biàn bǎ shì qing de jīng guò yuán yuán běn běn
生便把事情的经过,原原本本
de shuō le chū lái bìng jiāng nà piàn shù yè xiàn gěi
地说了出来,并将那片树叶献给
le xiàn guān táng shang de rén tīng le tā de huà
了县官。堂上的人听了他的话,
chà diǎnr bǎ dù pí xiào pò le xiàn guān shuō
差点儿把肚皮笑破了。县官说
dào nǐ zhè ge shū dāi zi zhēn shi yí yè
道:"你这个书呆子,真是'一叶
bì mù bú jiàn tài shān
蔽目,不见泰山'!"

智慧宝盒

目光不要被眼前
的事物所迷惑,因为那
样可能会得出片面
或主观的结论。

自相矛盾

gǔ shí hou　yǒu ge rén káng le yì
古时候，有个人扛了一

kǔn máo hé jǐ miàn dùn　lái dào shì chǎng shang
捆矛和几面盾，来到市场上

jiào mài
叫卖。

tā xiān ná qǐ yí miàn dùn dà
他先拿起一面盾大

shēng de hǎn dào　wǒ mài de dùn jiān
声地喊道："我卖的盾坚

gù wú bǐ　rèn hé fēng lì de dōng xi
固无比，任何锋利的东西

dōu bù néng bǎ tā cì chuān　guò
都不能把它刺穿！"过

le yí huìr　tā yòu jǔ
了一会儿，他又举

qǐ yì zhī máo　jì xù hǎn
起一支矛，继续喊

dào　wǒ mài de máo fēng
道："我卖的矛锋

lì wú bǐ　bù guǎn duō me jiān gù
利无比，不管多么坚固

智慧宝盒

如果不实事求
是，观点前后抵触，
势必造成思维混
乱，陷入不能自圆
其说的尴尬
局面。

tīng tā zhè me yì hǎn xǔ duō rén dōu
听他这么一喊，许多人都
wéi le guò lái zhè shí rén qún zhōng yǒu ge
围了过来，这时，人群中有个
rén wèn tā   zhào nǐ zhè me shuō rú guǒ yòng
人问他：“照你这么说，如果用

nǐ de máo cì nǐ de dùn huì shì shén
你的矛刺你的盾，会是什
me jié guǒ ne
么结果呢？”
zhè ge mài máo hé dùn de rén
这个卖矛和盾的人
yí xià zi lèng zhù le zhī zhī wú wú
一下子愣住了，支支吾吾
bàn tiān méi shuō chū yí jù huà
半天没说出一句话。

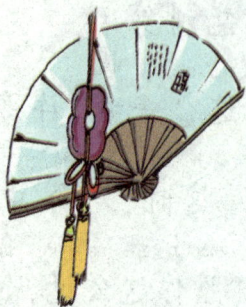

郑人乘凉

从前,有个郑国人到一棵树下乘凉。太阳在空中转动,树荫在地上移动,他就不停地移动凉席,追着树荫跑。到了晚上也是一样,最后树影缩得越来越小了,他就径直躲到树底下,浑身上下都被露水沾湿了。这个人白天乘凉的办法,可以说是十分灵巧的,但在晚上也这样做,就太愚蠢了。

智慧宝盒

不能总用同一种眼光去看待问题,情况发生了变化,却仍用老眼光去看待、去解决,必然会遇到阻力。

负荆请罪

战国时期,赵国在两大重臣蔺相如和廉颇的共同治理下,成为了一个强盛的国家。

蔺相如任上卿前地位卑贱。当赵王在大殿上宣布加封蔺相如为上卿时,战功赫赫的老将廉颇非常不服气,并说:"我出生入死,才有了今天的地位!蔺相如只凭三寸不烂之舌,竟然职位在我之上。以后见到蔺相如,一定要给他颜色看!"

之后,每次廉颇上朝,蔺相如便称病在家。

一天,蔺相如乘车外出,迎面遇上廉颇的人马,

蔺相如急忙命令车夫绕道躲避。

回到府中，蔺相如的门客愤慨地说："大人，您的地位在廉颇之上，反而处处躲让他。您怎么能忍受这样的羞辱？"

蔺相如说："秦王够威风了吧？可我敢在他的大殿上厉声呵斥他。难道我还会惧怕廉将军不成？如果我们起了争执，秦国趁虚而入，我们就会损失惨重。"

廉颇听说以后。为自己过去的言行感到惭愧，他赤裸着上身，背负荆条，到蔺相如的门前认错。

蔺相如、廉颇两人就此言归于好，成为生死之交。

智慧宝盒

向人认错道歉不一定要身背荆条，但一定要有一颗真诚的心，这样才能获得对方真正的谅解。

和氏之璧

^{yí cì} 一次，^{yǒu ge míng jiào biàn hé de chǔ guó rén zài chǔ shān zhōng fā xiàn le yí kuài pú yù}有个名叫卞和的楚国人在楚山中发现了一块璞玉，^{biàn ná qù xiàn gěi chǔ lì wáng chǔ lì wáng qǐng yù jiàng qián lái jiàn dìng shéi zhī yù jiàng què shuō}便拿去献给楚厉王。楚厉王请玉匠前来鉴定。谁知玉匠却说^{nà zhǐ shì yí kuàir pò shí tou chǔ lì wáng dà nù mìng}那只是一块儿破石头。楚厉王大怒，命^{rén kǎn diào le biàn hé de zuǒ jiǎo}人砍掉了卞和的左脚。

^{chǔ lì wáng sǐ hòu chǔ wǔ wáng jí wèi biàn hé yòu}楚厉王死后，楚武王即位。卞和又^{dài zhe nà kuài pú yù jìn gōng jìn xiàn shuí liào réng}带着那块璞玉进宫进献。谁料仍^{wèi de dào shǎng shí biàn hé yòu yīn cǐ bèi}未得到赏识，卞和又因此被^{kǎn diào le yòu jiǎo}砍掉了右脚。

^{chǔ wǔ wáng sǐ le yǐ hòu chǔ}楚武王死了以后，楚^{wén wáng jí wèi yì tiān biàn hé bào zhe}文王即位。一天，卞和抱着^{nà kuài pú yù lái dào chǔ shān jiǎo xià kū}那块璞玉来到楚山脚下哭

了三天三夜。这件事传到楚文王的耳朵里，他连忙派人到楚山询问情况。差官问卞和："天下受砍脚之刑的人很多，唯独你如此悲泣不已，这到底是为什么呀？"卞和回答说："我痛心的是

智慧宝盒

珍贵的东西可能要经过一番磨难才能为人们所认识。所以我们不要以外表去判断事物的价值。

一块儿宝玉却被人说成是烂石头。"

差官回去后将卞和的话原原本本地告诉了楚文王。楚文王立刻令玉匠开凿璞玉，里面果然是块宝玉。楚文王又命玉匠把宝玉雕琢成璧，并取名为"和氏璧"。

鹬蚌相争,渔翁得利

有一天,一只河蚌张开蚌壳,在河滩上晒太阳。这时有只鹬鸟正从河蚌身边走过,于是就伸嘴去啄蚌肉。河蚌急忙将两片蚌壳闭合,把鹬鸟的嘴紧紧夹住了。鹬鸟用尽力气,怎么也拔不出嘴来。蚌也脱不了身,没法回到河里去。鹬鸟与河蚌相持不下,谁也不示弱。

鹬鸟心想:"如果它不张开壳,今天不下雨,明天不下雨,就会晒死它了!"河蚌心

寓言中的108个经典哲理

想:"我把它狠狠钳住,今天不放它,明天不放它,就会憋死它!"就这样,它们两个谁也不肯放开谁,死死地纠缠在一起。这时,恰巧有一个渔夫走过来,没费一点儿力气就把它们两个一起捉住,拿回家去了。

智慧宝盒

竞争不是坏事,但是拼个你死我活,互不相让,机会就可能会被别人窃取了。

象虎斗驳

cóng qián chǔ guó yǒu yí gè rén   tā yǎng de jiā qín zǒng shì bèi hú li tōu chī   wèi cǐ tā
从前楚国有一个人,他养的家禽总是被狐狸偷吃,为此他

fēi cháng kǔ nǎo   yì tiān   yǒu ge rén gěi tā chū le yí gè zhǔ yi   ràng tā jiǎ bàn chéng yì zhī
非常苦恼。一天,有个人给他出了一个主意,让他假扮成一只

lǎo hǔ   yīn wèi lǎo hǔ shì shòu zhōng zhī wáng   suǒ yǒu de dòng wù dōu pà tā
老虎,因为老虎是兽中之王,所有的动物都怕它。

yú shì zhè ge rén jiù qù zhǎo le yì zhāng hǔ pí pī zài shēn
于是这个人就去找了一张虎皮披在身

shang   bìng dūn zài chuāng zi xià miàn   dào le wǎn shang   hú li yòu
上,并蹲在窗子下面。到了晚上,狐狸又

lái tōu dōng xi chī le   hú li yì yǎn jiù kàn dào le zhè zhī jiǎ lǎo
来偷东西吃了。狐狸一眼就看到了这只假老

hǔ   xià de yí liù yānr   jiù táo pǎo le
虎,吓得一溜烟儿就逃跑了。

jǐ tiān zhī hòu   yǒu yì zhī yě zhū pǎo dào le tián li
几天之后,有一只野猪跑到了田里

huò hai zhuāng jia   zhè ge rén yòu yòng zhè zhǒng fāng fǎ
祸害庄稼,这个人又用这种方法

qù xià hu yě zhū   dàn shì zhè cì tā shì xiān
去吓唬野猪,但是这次他事先

ràng tā de ér zi dǔ zài le dà dào
让他的儿子堵在了大道

智慧宝盒

做事情要视情况寻找解决问题的方法，不能因循守旧，一味地使用已有的办法。

shang jié guǒ yě zhū bèi zhuā zhù le
上。结果野猪被抓住了。

chǔ rén fēi cháng gāo xìng xiàn zài tā gèng
楚人非常高兴，现在他更

xiāng xìn zhè yàng kě yǐ xiáng fú tiān xià suǒ yǒu
相信这样可以降服天下所有

de dòng wù le yì tiān tā yòu fā xiàn tián yě
的动物了。一天他又发现田野

li yǒu yì zhī xiàng mǎ yí yàng de dòng wù yú
里有一只像马一样的动物，于

shì tā jiù lì kè ná zhe tā de lǎo hǔ pí zhuī
是他就立刻拿着他的老虎皮追

le chū qù dàn shì tā de lín jū gào su tā
了出去，但是他的邻居告诉他

shuō zhè ge dòng wù jiào bó shì chuán shuō
说："这个动物叫驳，是传说

zhōng de yì zhǒng měng shòu xíng zhuàng xiàng mǎ
中的一种猛兽，形状像马，

zhǎng zhe hǔ yàng de zhǎo hé yá shēng yīn xiàng
长着虎样的爪和牙，声音像

gǔ lǎo hǔ shì dǎ bu guò tā de nǐ zhuī shàng
鼓。老虎是打不过它的，你追上

tā yě méi yòng yīn wèi tā bú pà lǎo hǔ fǎn
它也没用，因为它不怕老虎，反

dào shì nǐ huì shòu shāng dàn shì chǔ rén gēn běn
倒是你会受伤。但是楚人根本

tīng bu jìn qù tā hái shi zhuī le shàng qù jié
听不进去，他还是追了上去。结

guǒ tā bèi bó yǎo sǐ le
果他被驳咬死了。

鹏程万里

zài gǔ dài yǒu yì zhǒng niǎo jiào zuò péng
在古代有一种鸟叫做鹏，
tā de bèi jiù hǎo xiàng yí zuò dà shān nà me gāo
它的背就好像一座大山那么高
dà tā fēi qǐ lai de shí hou lián tài yáng dōu
大，它飞起来的时候，连太阳都
hǎo xiàng bèi tā dǎng zhù le yí yàng
好像被它挡住了一样。

yí cì tā yào qù nán hǎi yòng chì
一次，它要去南海，用翅
bǎng pāi jǐ le yí xià shuǐ miàn jiù fēi chu qu le
膀拍击了一下水面就飞出去了
sān qiān lǐ tā xiàng gāo kōng fēi qù juǎn qǐ
三千里。它向高空飞去，卷起
yì gǔ fēng bào yí xià zi jiù fēi chu qu le
一股风暴，一下子就飞出去了
jiǔ wàn lǐ
九万里。

yǒu yì zhī xiǎo má què kàn jiàn dà péng fēi de nà me gāo fēi cháng bù lǐ jiě tā shuō
有一只小麻雀看见大鹏飞得那么高，非常不理解。它说：
dà péng wèi shén me fēi de nà me gāo ne tā jiū jìng xiǎng yào fēi dào nǎ lǐ qù ne
"大鹏为什么飞得那么高呢？它究竟想要飞到哪里去呢？"

智慧宝盒

我们不要像小麻雀那样满足于现状，不思进取，而要像大鹏那样，做有远大目标和追求的人。

23

寓言中的108个经典哲理

驼鹿落网

在所有的动物中，最聪明的就数驼鹿了。因为每次被猎人追赶的时候，它都知道猎人在前面下了网，所以它就往猎人的身上撞去，然后它就可以跑掉了。凭借着这个方法，驼鹿屡次逃脱了猎人布下的陷阱。

时间长了，猎人知道了驼鹿的狡诈，就在自己的身后布下了一张网，而自己还假装去追驼鹿。结果驼鹿还是像以前一样，直冲猎人跑过去。结果这次驼鹿被猎人捉到了。

智慧宝盒

事物都是变化发展的，我们不要墨守成规，局限于以往的经验。

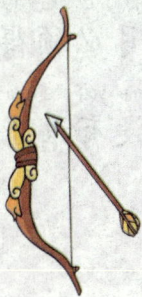

宣王好射

周宣王特别喜欢射箭，并且还很喜欢听别人对他的赞美，尤其是喜欢听别人称赞他的臂力过人，能用强弓，射箭技术高超等。而实际上，他用的弓只需要三石的力气就能拉开。

周宣王经常把他用的那张弓交给大臣们传看。大臣们都试着拉，但每次只把弓拉到一半，就装着再也拉不

动的样子,他们谄媚地说:"要想拉开这张弓必须得有九石的力气,否则别想把它拉开。除了大王之外,没有谁还能够使用这张弓了。"

每次周宣王听到这样的话,都非常得意。

虽然他所用的弓只不过是三石,但直到他去世,他都以为自己用的弓是九石。三石是实际,九石是虚名。周宣王因为喜欢虚名而让自己脱离了实际,他真是一个爱慕虚荣的君王。

智慧宝盒

一个只喜欢听奉承话的人就不能够正确地认识自己。

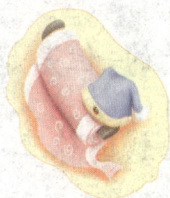

鲁人乔迁

cóng qián yǒu ge lǔ guó rén hěn shàn cháng gěi rén dǎ cǎo xié tā de qī zi hěn huì fǎng
从前有个鲁国人，很擅长给人打草鞋。他的妻子很会纺

bái chóu fū qī liǎng ge rén tīng shuō yuè guó bǐ jiào fù shù jiù jué dìng bǎ jiā bān dào nà lǐ
白绸。夫妻两个人听说越国比较富庶，就决定把家搬到那里

qù tā de yí gè péng you tīng shuō le jiù pǎo lái duì tā
去。他的一个朋友听说了，就跑来对他

shuō nǐ dào nà lǐ yí dìng huì biàn qióng de zhè ge lǔ
说："你到那里一定会变穷的。"这个鲁

guó rén hěn qí guài jiù wèn péng you
国人很奇怪，就问朋友

wèi shén me zhè yàng shuō péng
为什么这样说。朋

you huí dá dào dǎ cǎo xié
友回答道："打草鞋

shì wèi le gěi rén chuān de
是为了给人穿的，

可是越国人习惯于赤脚,不喜欢穿鞋,所以你的技术到了那里是没有用的。你的妻子纺绸是用来做帽子的,但是越国人不喜欢戴帽子,他们喜欢披散着头发,所以在越国你妻子的长处也是派不上用场的,你们借以发家的手艺没有了用武之地却想富起来,又怎么可能呢?"于是,这个鲁国人打消了搬家的念头。

智慧宝盒

做任何事之前都要先调查,我们一定要在合适的地方发挥自己的专长。

夫妇食饼

从前，有一对夫妇，一次吃饭时，桌上只有三块大饼，两人各自吃了一块，还剩下一块。这时，丈夫想吃，可是妻子不同意；妻子想吃，丈夫也不同意。这块饼到底归谁吃呢？最后，他们只好打赌说："我们两个坐在这里，谁也不许说一句话。如果谁先说话，谁就不能吃这块饼。"不一会儿，有个小偷到他们家里来偷东西，把他们家所有值钱的东西都搜罗在一起。这

duì fū fù yīn wèi yǒu yuē zài xiān
对夫妇因为有约在先，

shéi yě bù xiǎng xiān shuō huà　yú shì
谁也不想先说话，于是

biàn yǎn zhēng zhēng de kàn zhe xiǎo
便眼睁睁地看着小

tōu　yì shēng bù kēng　nà ge xiǎo
偷，一声不吭。那个小

tōu jiàn tā men yì shēng bù kēng
偷见他们一声不吭，

biàn dāng zhe nà zhàng fu de miàn dǎ
便当着那丈夫的面打

suàn fēi lǐ tā de qī zi　zhàng
算非礼他的妻子。丈

fu kàn zhe　hái shi bù kēng yì shēng　hòu lái
夫看着，还是不吭一声。后来，

qī zi rěn bu zhù le　tā dà hǎn　　yǒu
妻子忍不住了，她大喊："有

zéi　　tā zhàng fu jiàn qī zi shuō le huà　pāi
贼！"她丈夫见妻子说了话，拍

shǒu dà xiào shuō　hā hā　nǐ xiān shuō huà le
手大笑说："哈哈！你先说话了，

nǐ shū le　zhè kuài bǐng guī wǒ le　wǒ jué bù
你输了，这块饼归我了，我绝不

gěi nǐ chī yì kǒu
给你吃一口！"

智慧宝盒

故事中的夫妻俩为了眼前的小利益而不顾大局，这种自私的行为千万要不得。

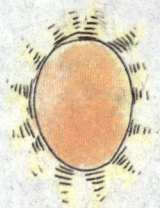

夸父追日

在一座高山上，住着一个叫夸父的巨人。他一抬脚，能跨过一座山；一举手，能提起一道岭。在一个漫长的冬夜，夸父突发奇想，他决定追赶太阳。

第二天早晨，太阳刚一出现，夸父就用扁担挑着干粮，迈开长腿开始追赶。

整整跑了一天，又大又红的太阳就在眼前了。夸父伸开双臂，要去拥抱太阳。

可是太阳喷射出来的火焰把夸父烤得口干舌燥，一路上，夸父喝干了黄河

智慧宝盒

夸父执著地追逐着太阳，坚持不懈地挑战自我，克服着种种艰难困苦，夸父的执著精神值得我们学习。

hé wèi hé de shuǐ dàn hái shi jué de kě yí
和渭河的水，但还是觉得渴。一
gè lǎo rén gào su tā běi fāng yǒu ge dà hú
个老人告诉他，北方有个大湖，
nà lǐ de shuǐ hěn duō zěn me hē yě hē bu
那里的水很多，怎么喝也喝不
wán kuā fù tīng hòu jiù tiāo zhe biǎn dan xiàng běi
完。夸父听后就挑着扁担向北
fāng de dà hú zǒu qù kě gāng zǒu dào bàn dàor
方的大湖走去，可刚走到半道儿，
tā jiù kě sǐ le
他就渴死了。

kuā fù dǎo xià hòu tā de biǎn dan biàn
夸父倒下后，他的扁担变
chéng le yí piàn táo lín kuā fù suī rán méi yǒu
成了一片桃林。夸父虽然没有
zhuī shàng tài yáng dàn tā liú xià de nà piàn táo
追上太阳，但他留下的那片桃
lín què shǐ hòu lái jīng guò
林，却使后来经过
zhè lǐ de rén men dōu
这里的人们，都
kě yǐ chī shàng jǐ ge
可以吃上几个
shuǐ mì táo jiě kě
水蜜桃解渴。

二子学弈

cóng qián yǒu yí gè míng jiào qiū de xià qí míng shǒu tā de qí yì fēi cháng gāo chāo qiū
从前,有一个名叫秋的下棋名手,他的棋艺非常高超。秋

yǒu liǎng ge xué sheng yì qǐ gēn tā xué xí xià qí qí zhōng yí gè
有两个学生,一起跟他学习下棋。其中一个

xué sheng fēi cháng zhuān xīn jí
学生非常专心,集

zhōng jīng shén gēn lǎo shī xué
中精神跟老师学

xí lìng yí ge xué sheng què
习,另一个学生却

bú shì zhè yàng tā rèn wéi xià
不是这样,他认为下

qí hěn róng yì yòng bu zháo nà
棋很容易,用不着那

yàng rèn zhēn lǎo shī jiǎng jiě
样认真。老师讲解

de shí hou tā suī rán
的时候,他虽然

yě zuò zài nà lǐ yǎn
也坐在那里,眼

jing yě hǎo xiàng zài kàn qí
睛也好像在看棋

zǐ kě shì xīn li què xiǎng xiàn zài tiān kōng
子，可是心里却想："现在天空
zhōng dà gài zhèng fēi zhe yì zhī hóng yàn wǒ
中大概正飞着一只鸿雁，我
lā mǎn gōng dā shàng jiàn bǎ tā shè xia lai měi
拉满弓搭上箭把它射下来，美
cān yí dùn gāi duō hǎo a yīn wèi tā zǒng shì
餐一顿该多好啊。"因为他总是
zhè yàng hú sī luàn xiǎng lǎo shī de jiǎng jiě yì
这样胡思乱想，老师的讲解一
diǎnr yě méi tīng jin qu jié guǒ suī rán
点儿也没听进去。结果，虽然

智慧宝盒

要做好一件事
情，一定要脚踏实
地、认真思索，不
能蛮干，更不能
投机取巧。

liǎng ge xué sheng zài yì qǐ xué xí yòu
两个学生在一起学习，又
shì tóng yí wèi míng shī chuán shòu jì yì
是同一位名师传授技艺，
dàn shì tā men yí gè chéng le qí yì
但是，他们一个成了棋艺
gāo qiáng de míng shǒu lìng yí ge què
高强的名手，另一个却
méi yǒu xué dào shén me zhēn běn shi
没有学到什么真本事。

郑人买履

从前有个郑国人，打算到集市上买双鞋子。于是，他先把自己脚的长短量了一下，然后来到了集市上，找到卖鞋的地方，正要买鞋，忽然想起尺码忘在家里了，于是赶紧往家跑。

他跑回家后，拿了尺码，等他跑回集市时，集市已经散了。

别人知道了这件事，觉得很奇怪，就问他："你为什么不用自己的脚去试试鞋子呢？"这个买鞋的郑国人说："我相信我量过的尺码很准确，至于脚，那就不一定可靠了。"

智慧宝盒

做事不知变通、顽固不化的人不懂得具体问题具体分析，一味墨守成规，其结果只能失败，遭人嘲笑。

寓言中的108个经典哲理

朝三暮四

cóng qián yǒu yí gè rén hěn xǐ huan hóu zi jiù
从前，有一个人很喜欢猴子，就

zài jiā li sì yǎng le yí dà qún hóu zi tā hěn liǎo jiě
在家里饲养了一大群猴子。他很了解

hóu zi de xìng qíng hóu zi yě dǒng de tā de xīn qíng wèi
猴子的性情，猴子也懂得他的心情。为

le yǎng huo hóu zi tā jǐn liàng jié shěng jiā
了养活猴子，他尽量节省家

li rén chī de kǒu liáng yòng lái
里人吃的口粮，用来

gěi hóu zi chī hòu lái jiā li
给猴子吃。后来家里

de liáng shi shí zài bú gòu chī
的粮食实在不够吃

le tā biàn xiǎng bǎ hóu zi de
了，他便想把猴子的

shí wù jiǎn shǎo yì xiē
食物减少一些，

yòng xiàng zi wèi tā men
用橡子喂它们。

tā duì hóu zi men shuō yǐ
他对猴子们说："以

hòu wǒ měi tiān zǎo shang gěi nǐ men sān kē xiàng
后我每天早上给你们三颗橡
zi wǎn shang gěi nǐ men sì kē xiàng zi zhè
子,晚上给你们四颗橡子,这
yàng gòu chī le ba
样够吃了吧?"

hóu zi men dōu xián shǎo yí gè gè fèn
猴子们都嫌少,一个个愤
nù de chǎo nào qǐ lai tā xiǎng le yí huìr
怒地吵闹起来。他想了一会儿,
jiù gǎi kǒu duì hóu zi men shuō zǎo shang sān
就改口对猴子们说:"早上三
kē wǎn shang sì kē nǐ men xián shǎo nà
颗,晚上四颗,你们嫌少,那

me jiù gǎi yí xià ba měi tiān zǎo shang sì kē
么就改一下吧:每天早上四颗,
wǎn shang sān kē zhè yàng nǐ men gāi mǎn yì le
晚上三颗,这样你们该满意了
ba hóu zi men tīng le dōu hěn mǎn yì jiù
吧?"猴子们听了都很满意,就
bèng bèng tiào tiào de pǎo dào zhǔ rén gēn qián lǐng
蹦蹦跳跳地跑到主人跟前,领
qǔ kǒu liáng le
取口粮了。

智慧宝盒

看待问题时,切
不可被事物的表面
现象所迷惑,一定
要透过现象,看清
事物的本质。

杯弓蛇影

jìn cháo yǒu gè jiào yuè guǎng de rén yí
晋朝有个叫乐广的人,一
cì tā qǐng yí wèi péng you dào jiā li hē jiǔ
次,他请一位朋友到家里喝酒。
nà wèi péng you hěn gāo xìng kě shì dāng tā duān
那位朋友很高兴,可是当他端
qǐ jiǔ bēi yì yǐn ér jìn de shí hou tū rán
起酒杯一饮而尽的时候,突然
kàn jiàn jiǔ bēi li yǒu tiáo yóu dòng de xiǎo shé
看见酒杯里有条游动的小蛇。
tā gǎn dào shí fēn yàn wù kě shì yǐ jīng bǎ
他感到十分厌恶,可是已经把
jiǔ hē jìn dù zi li qù le hē wán jiǔ tā
酒喝进肚子里去了。喝完酒,他
zǒng jué de dù zi li yǒu yì tiáo xiǎo shé yí dào jiā
总觉得肚子里有一条小蛇,一到家
jiù bìng dǎo le
就病倒了。

yuè guǎng zhī dào le péng you shēng bìng de xiāo xi hé bìng yīn xīn xiǎng jiǔ bēi li zěn me
乐广知道了朋友生病的消息和病因,心想:酒杯里怎么
huì yǒu shé ne yú shì tā jiù dào nà tiān hē jiǔ de dì fang zǐ xì chá kàn yuán lái kè tīng
会有蛇呢?于是,他就到那天喝酒的地方仔细察看。原来,客厅

的墙上挂着一把弓，弓的影子恰巧落在朋友放过酒杯的地方。弄明白原因以后，他就派人请朋友再来喝酒，并说保证能治好他的病。那位朋友来了，乐广请他仍旧坐在他上次坐过的地方。那位朋友端起酒杯往里一看，只见那条小蛇仍然在酒杯里游动！他特别害怕，浑身直冒冷汗。这时，乐广指着墙上的弓，笑着说："你看，只不过是墙上那把弓的影子罢了。"他把墙上的弓摘了下来，酒杯里的"蛇"果然不见了。那位朋友弄清了真相后，消除了疑虑和恐惧，他的病很快就好了。

按图索骥

xiāng chuán zài chūn qiū shí qī   qín guó yǒu yí gè jiào sūn yáng de rén hěn huì guān chá mǎ
相传在春秋时期，秦国有一个叫孙阳的人很会观察马。

tā gēn jù mǎ de wài biǎo jiù néng zhī dào mǎ de hǎo huài   tā hái xiě le yì běn shū jiào   xiàng mǎ
他根据马的外表就能知道马的好坏，他还写了一本书叫《相马

jīng   gōng rén men cān kǎo
经》，供人们参考。

zài   xiàng mǎ jīng
在《相马经》

zhōng yǒu zhè yàng yí duàn
中有这样一段

huà   é tóu gāo gāo lóng
话："额头高高隆

qǐ   shuāng mù tóng qián kě bǐ   tí zi
起，双目铜钱可比；蹄子

dà ér duān zhèng   qià sì jiǔ jiā léi
大而端正，恰似酒家累

qū   sūn yáng de ér zi ná zhe
曲。"孙阳的儿子拿着

xiàng mǎ jīng   qù zhǎo qiān lǐ
《相马经》去找千里

mǎ   tā chū qù hòu
马。他出去后，

kàn dào yì zhī hěn dà de lài há ma
看到一只很大的癞蛤蟆，
jiù dài huí lai duì fù qīn shuō wǒ
就带回来对父亲说："我
dé dào yì pǐ hǎo mǎ gēn nín
得到一匹好马，跟您
shū shang shuō de chà bu duō
书上说的差不多，
zhǐ shì tí zi bú nà me duān
只是蹄子不那么端
zhèng bà le
正罢了。"

sūn yáng kàn dào lài há ma
孙阳看到癞蛤蟆

智慧宝盒

我们做任何事情都不要生搬硬套，要灵活处理才能达到预期的效果。

hòu shí fēn shēng qì què yòu kū xiào bù dé
后，十分生气，却又哭笑不得。
tā zhī dào zì jǐ de ér zi fēi cháng yú chǔn
他知道自己的儿子非常愚蠢，
zhǐ hǎo zhuǎn nù wéi xǐ shuō zhǐ shì zhè pǐ mǎ
只好转怒为喜说："只是这匹马
xǐ huan tiào bù néng yòng lái lā chē bà le
喜欢跳，不能用来拉车罢了。"

庖丁解牛

zhàn guó shí qī　　wèi guó de guó jūn wèi huì wáng yǒu yí　cì　qù kàn wèi guó zhù míng de chú
战国时期，魏国的国君魏惠王有一次去看魏国著名的厨

shī páo dīng jiě pōu niú de chǎng miàn　páo dīng jiě pōu niú de shí hou　 tā de shǒu　jiǎo　jiān bǎng
师庖丁解剖牛的场面。庖丁解剖牛的时候，他的手、脚、肩膀、

xī gài de dòng zuò hé dāo de xiǎng shēng　xiàng yīn yuè yí yàng yǒu jié zòu　 tā háo bú fèi lì de
膝盖的动作和刀的响声，像音乐一样有节奏。他毫不费力地

bǎ niú de gǔ tou hé ròu fēn gē kāi lái　shǒu qǐ dāo luò　gān jìng lì suo　wèi huì wáng kàn hòu
把牛的骨头和肉分割开来，手起刀落，干净利索。魏惠王看后

shí fēn pèi fú　biàn wèn tā　　nǐ de shǒu yì zěn me zhè yàng gāo a　páo dīng dá dào　zhè
十分佩服，便问他："你的手艺怎么这样高啊？"庖丁答道："这

shì yīn wèi wǒ duì niú de ròu hé gǔ tou de jié gòu yǐ
是因为我对牛的肉和骨头的结构已

jīng hěn shú xī le　wǒ kàn dào de bú shì yì tóu
经很熟悉了。我看到的不是一头

wán zhěng de niú　nǎ lǐ shì guān jié nǎ lǐ shì
完整的牛，哪里是关节，哪里是

jīn gǔ　cóng nǎ lǐ xià dāo　xū yào duō dà lì
筋骨，从哪里下刀，需要多大力

qì　wǒ quán dōu xīn zhōng yǒu shù
气，我全都心中有数。"

wèi huì wáng jué de páo dīng shuō de shén hū
魏惠王觉得庖丁说得神乎

其神,就问道:"你使的这把刀子一定磨得很快吧?"庖丁笑笑说:"一般宰牛人用的刀,一个月就得换一把,因为他们的刀刃经常碰到骨头。宰牛的能手可以一年换一把刀,因为他们只用刀来割肉。可是我这把刀,已经用了十九年,解剖了几千头牛,还

像新刀一样锋利。其实,刀刃非常薄,而肉和骨头中间有一条缝儿,要比刀刃宽得多,把这样薄的刀刃插进去,肉就一块块落下来了。"

魏惠王听后,点头说:"说得好,从你的话里我学到了很多有益的东西。"

智慧宝盒

如果对一个事物的全局有深刻的认识,那么在处理它的时候就能够做到游刃有余了。

螳螂捕蝉, 黄雀在后

春秋时期,吴王要攻打楚国。他已下定决心,于是便警告身边的大臣们说:"阻我者,死。"吴王的门客中有一个年轻人,想去劝阻。于是,他怀里带着弹弓,在吴王的花园里转来转去。他这样一连转了三个早晨。吴王看见他这样,觉得非常奇怪,就问他:"你早晨跑到花园里来干什么?让露水把衣服沾湿成这个样子?"这个年轻的门客回答说:"您看,这个园子里的一棵树上有一只蝉。这只蝉高高

这就是"螳螂捕蝉，黄雀在后"的来历。所以，不要只顾眼前的利益而忘记了背后的危险。

zài shàng　yōu xián de jiào zhe　kě shì tā què bù
在上，悠闲地叫着，可是它却不

zhī dào yǒu zhī táng láng zài tā shēn hòu ne　táng láng
知道有只螳螂在它身后呢；螳螂

bǎ shēn zi cáng zài yǐn mì de dì fang　zhǐ xiǎng
把身子藏在隐秘的地方，只想

qù zhuō chán　què bù zhī dào yǒu yì zhī huáng què
去捉蝉，却不知道有一只黄雀

zhèng zài tā de shēn biān ne　huáng què shēn cháng
正在它的身边呢；黄雀伸长

bó zi xiǎng zhuō táng láng　què bù zhī dào xià miàn
脖子想捉螳螂，却不知道下面

yǒu rén zhèng ná zhe
有人正拿着

dàn gōng miáo zhǔn tā
弹弓瞄准它

ne　tā men dōu lì qiú dé dào tā men yǎn qián de　lì yì
呢。它们都力求得到它们眼前的利益，

què méi yǒu kǎo lǜ dào tā men shēn hòu yǐn fú zhe de
却没有考虑到它们身后隐伏着的

wēi xiǎn a　wú wáng tīng hòu huǎng rán dà
危险啊。"吴王听后恍然大

wù　dǎ xiā le jìn gōng chǔ guó de niàn tou
悟，打消了进攻楚国的念头。

齐奄给猫起名

cóng qián yǒu ge míng jiào qí yǎn de rén jiā li yǎng le yì zhī māo tā zì rèn wéi cǐ
从前,有个名叫齐奄的人,家里养了一只猫,他自认为此
māo zhēn qí féng rén jiù shuō tā yǎng de shì yì zhī hǔ māo bìng jīng cháng yāo qǐng kè rén dào
猫珍奇,逢人就说他养的是一只"虎猫",并经常邀请客人到
jiā li guān shǎng
家里观赏。

yì tiān yǒu jǐ ge kè rén
一天,有几个客人
lái guān shǎng hòu dōu shuō zhè shì yì
来观赏后,都说这是一
zhī shì shàng hǎn jiàn de māo qí
只世上罕见的猫。其
zhōng yí gè kè rén shuō lǎo hǔ
中一个客人说:"老虎
gù rán yǒng měng dàn bù rú lóng yǒu
固然勇猛,但不如龙有
shén wēi qǐng gǎi míng jiào lóng māo
神威,请改名叫龙猫
ba lìng yí ge kè rén yòu
吧。"另一个客人又
shuō lóng de shén wēi suī
说:"龙的神威虽

然超过虎，但龙要在天上飞腾，必须驾云，云在龙上，不如改名叫云猫吧。"

站在他旁边的一个客人对他说："云雾遮天蔽日，一股风便把它吹散了，云显然抵不过风，还是叫风猫吧。"又一个客人也提出了自己的见解，说："大风刮起来，高墙可以阻挡，风哪能比得上墙呢？请叫墙猫吧！"最后一个客人摇摇头，对齐奄说："高墙虽然坚固，就是怕老鼠穿洞，看来墙是敌不过老鼠的，我看叫鼠猫最合适。"

同乡一个老人听了齐奄给猫起名这件事，觉得很可笑。他不屑地说："哼！捕老鼠的就是猫！猫就是猫，为什么要故弄玄虚，把它叫成虎猫、龙猫、云猫、风猫、墙猫、鼠猫呢？取了这样不伦不类的名字，不就把猫的本来面貌掩盖起来了吗？"

4

寓言中的100个经典哲理

一孔之网

有个喜欢捕鸟的人织了一张网。他把网支在灌木丛中，不一会儿就捉到了一只小鸟。

捕鸟人一看，小鸟只是被一个网眼儿卡住的，于是他自作聪明地想：一张网只要有一个网眼儿不就足够了吗？何必要用很多网眼儿的网呢？他又织了一张只有一个网眼儿的网，照旧把网支在灌木丛中，小鸟飞来了很多只，这张只有一个网眼儿的网，却连一只小鸟也没捕捉到。

智慧宝盒

自作聪明的人常常会根据一些愚不可及的想法获得想要的东西，最后的结果只能是什么都得不到。

疑邻盗斧

cóng qián yǒu ge xiāng xia rén diū le yì bǎ fǔ zi   tā huái yí shì lín jū jiā de hái zi
从前有个乡下人丢了一把斧子，他怀疑是邻居家的孩子

tōu qù le   yú shì   tā chángcháng zài àn dì li guān chá lín jū jiā hái zi de yì yán yì xíng
偷去了。于是，他常常在暗地里观察邻居家孩子的一言一行，

yì jǔ yí dòng   tā jué de lín jū jiā de hái zi zǒu lù de yàng zi   xiàng shì tōu fǔ zi de
一举一动，他觉得邻居家的孩子走路的样子，像是偷斧子的；

kàn lín jū jiā hái zi de liǎn sè biǎo qíng   yě xiàng shì tōu fǔ zi
看邻居家孩子的脸色、表情，也像是偷斧子

de tīng lín jū jiā hái zi
的；听邻居家孩子

de yán tán huà yǔ   gèng xiàng
的言谈话语，更像

shì tōu fǔ zi de
是偷斧子的。

hòu lái   diū fǔ zi
后来，丢斧子

de zhè ge rén zhǎo dào le
的这个人找到了

fǔ zi   yuán lái shì jǐ tiān qián tā
斧子，原来是几天前他

shàng shān kǎn chái shí   yì shí shū hu diū zài
上山砍柴时，一时疏忽丢在

智慧宝盒

人的心理作用是巨大的，所以在事情没有确定答案之前，不要乱下结论，避免主观臆断。

了山谷里。他找到斧子以后，又碰见了邻居家的孩子，再留心看他，就觉得他走路的样子，不像是偷斧子的；看他的脸色、表情，也不像是偷斧子的；听他的言谈话语，更不像是偷斧子的了。

张良敬老

张良是战国时期的韩国人，秦灭韩国后，招募勇士刺杀秦始皇失败。张良只能隐姓埋名，四处流亡。

张良逃到了下邳。一日，他外出散步，在一座石桥上歇息，见一个老人不小心把鞋掉到了桥下。老人对张良说："小子，下去把鞋给我捡上来。"张良把鞋捡了上来。老人又让他给自己穿上。张良照做了。老人对

张良说："五天后的早晨，你到这里来见我。"

五天后，天刚亮张良便来到桥头，但老人已经先到了，他生气地说："跟老年人约会，居然迟到，你回去吧，过五天再来。"可第二次，还是老人先到了。

第三次，张良半夜的时候就来到了桥头，老人的脸上露出了欣慰的笑容，他拿出几本书递给张良，便走了。

张良把书拿回家，发现竟是失传已久的《太公兵法》，他大喜过望，潜心钻研，终于成为"汉初三杰"之一。

智慧宝盒

尊老爱幼是我们中华民族的传统美德，我们也要学习张良，做一个尊老爱幼的好孩子。

扁鹊治病

biǎn què shì zhàn guó shí qī zhù míng de yī shēng yí cì tā qù bài jiàn cài huán gōng guān
扁鹊是战国时期著名的医生。一次，他去拜见蔡桓公，观

chá le yí huìr hòu shuō dà wáng nín yǒu bìng mù qián zhǐ zài
察了一会儿后说："大王，您有病，目前只在

tǐ biǎo rú guǒ bù jí shí zhěn zhì kǒng pà bìng yào shēn rù tǐ nèi
体表，如果不及时诊治，恐怕病要深入体内

le cài huán gōng tīng hòu hěn bù gāo xìng shuō dào
了。"蔡桓公听后很不高兴，说道：

wǒ gēn běn méi bìng jiàn cài huán gōng bù tīng quàn
"我根本没病。"见蔡桓公不听劝

gào biǎn què jiù gào cí le tā zǒu hòu cài huán gōng
告，扁鹊就告辞了。他走后，蔡桓公

shuō dāng yī shēng de jiù xǐ huan gěi méi yǒu bìng de
说："当医生的就喜欢给没有病的

rén zhì bìng yǐ cǐ lái xiǎn shì zì jǐ yī shù de gāo
人治病，以此来显示自己医术的高

míng guò le shí tiān biǎn què yòu qù bài jiàn cài
明。"过了十天，扁鹊又去拜见蔡

huán gōng tā shuō dà wáng nín de bìng yǐ jīng
桓公，他说："大王，您的病已经

fā zhǎn dào jī ròu lǐ miàn qù la zhè
发展到肌肉里面去啦！"这

寓言中的108个经典哲理

次,蔡桓公仍然没有理睬他。又过了十天,扁鹊再次来拜见蔡桓公,他说:"大王,您的病发展到肠胃里去了。"蔡桓公还是没有理会他。又过了十天,扁鹊看到蔡桓公,什么也没有说便走了。蔡桓公不解,派人去问扁鹊。扁鹊说:"病在体表,用汤药洗或热

智慧宝盒

对于一切问题都要防微杜渐,尽早解决,一味地害怕或是不肯承认自己的缺点,终会酿成无法挽回的后果。

敷就能见效;病在肌肉中,针灸就可以治好;病在肠胃,吃些清火的汤药,也可以治好;现在君王的病已经到了骨髓,我无能为力了。"果然,五天后,蔡桓公全身疼痛,可扁鹊已逃到秦国去了。不久,蔡桓公就病死了。

千金买骨

cóng qián yǒu ge guó wáng hěn xiǎng dé dào yì pǐ qiān lǐ mǎ yú shì tā zài gè chù zhāng tiē
从前有个国王，很想得到一匹千里马。于是他在各处张贴
bù gào shuō tā yuàn chū yì qiān liǎng huáng jīn mǎi yì pǐ hǎo mǎ kě shì sān nián guò qù le yì
布告，说他愿出一千两黄金买一匹好马。可是三年过去了，一
pǐ mǎ yě méi yǒu mǎi dào yīn cǐ guó wáng xīn zhōng hěn fán mèn zhè shí guó wáng shēn biān yǒu ge
匹马也没有买到，因此，国王心中很烦闷。这时，国王身边有个
shì chén yuàn yì dài shàng yì qiān liǎng huáng jīn qù tì guó wáng mǎi mǎ guó wáng tóng yì le
侍臣，愿意带上一千两黄金去替国王买马，国王同意了。

shì chén dào chù bēn zǒu sān ge yuè hòu cái yǒu le yì diǎnr
侍臣到处奔走，三个月后才有了一点儿
xiàn suǒ kě shì děng tā gǎn dào shí nà pǐ qiān lǐ mǎ yǐ jīng
线索，可是等他赶到时，那匹千里马已经
sǐ le shì chén jiù ná chū wǔ bǎi liǎng huáng jīn bǎ nà pǐ
死了。侍臣就拿出五百两黄金，把那匹
mǎ de shī gǔ mǎi le xià lái dài huí qu sòng gěi guó wáng
马的尸骨买了下来，带回去送给国王。
guó wáng yí kàn tā mǎi huí lai de shì mǎ gǔ
国王一看他买回来的是马骨
tou fēi cháng shēng qì chì zé dào wǒ yào
头，非常生气，斥责道："我要
de shì yì pǐ huó de qiān lǐ mǎ nǐ bái bái
的是一匹活的千里马，你白白

^{huā diào wǔ bǎi liǎng huáng jīn} ^{mǎi huí yì duī mǎ gǔ}
花掉五百两黄金,买回一堆马骨

^{tou} ^{yǒu shén me yòng chu} ^{shì chén huí dá shuō} ^{nín}
头,有什么用处?"侍臣回答说:"您

^{bú shì yào mǎi qiān lǐ mǎ ma} ^{kě shì wèi shén me jǐ}
不是要买千里马吗?可是为什么几

^{nián dōu méi néng mǎi dào} ^{zhè bú shì yīn wèi shì}
年都没能买到?这不是因为世

^{shàng méi yǒu qiān lǐ mǎ} ^{ér shì yīn wèi rén men bù}
上没有千里马,而是因为人们不

^{xiāng xìn nín huì zhēn de chū zhòng jīn mǎi mǎ} ^{rú}
相信您会真的出重金买马。如

^{jīn wǒ huā le wǔ}
今我花了五

^{bǎi liǎng huáng jīn}
百两黄金,

^{gěi nín mǎi le yì duī qiān lǐ mǎ de shī gǔ}
给您买了一堆千里马的尸骨,

^{xiāo xi chuán kāi} ^{tiān xià rén dōu zhī dào nín zhēn}
消息传开,天下人都知道您珍

^{xī qiān lǐ mǎ} ^{hěn kuài jiù huì yǒu rén bǎ huó}
惜千里马,很快就会有人把活

^{de qiān lǐ mǎ gěi nín sòng lái de} ^{guǒ rán}
的千里马给您送来的。"果然,

^{bú dào yì nián} ^{jiù yǒu hǎo jǐ pǐ qiān}
不到一年,就有好几匹千

^{lǐ mǎ bèi sòng dào le zhè ge guó wáng de}
里马被送到了这个国王的

^{miàn qián}
面前。

呆若木鸡

春秋时期，民间流行着一种斗鸡的娱乐活动。有位叫纪渻子的人，是训练斗鸡的行家。有一回，他为齐王训练斗鸡，训了十天以后，齐王便问他：

"斗鸡训练得怎么样了？"

纪渻子回答说："不行啊，别的鸡走动或叫唤，它还受到影响，这样还不算成功。"

已经过了一个月了，齐王很着急，可是纪渻子还说不行，他

智慧宝盒

以不变应万变，以静制动，在某种情况下这也能成为取胜的关键。

shuō tā de yì qì guò yú qiáng shèng xīn shén
说："它的意气过于强盛，心神

guò yú jī dòng yǎn jing kàn dōng xi tài jí qiè
过于激动，眼睛看东西太急切，

hái yào zài liàn yì xiē rì zi jì shěng zǐ yì
还要再练一些日子。"纪渻子一

zhí bǎ dòu jī xùn liàn le sì shí tiān zhè cái gào
直把斗鸡训练了四十天，这才告

sù qí wáng shuō dòu jī xùn
诉齐王说："斗鸡训

liàn chéng gōng le tā jì bù
练成功了，它既不

jiāo jīn xīn shén yòu ān dìng suī rán yǒu bié de jī jiào
骄矜，心神又安定，虽然有别的鸡叫

huan tā yě bú hài pà kàn shang qu tā hǎo xiàng yì
唤，它也不害怕，看上去它好像一

zhī mù tou zuò de jī bù jīng bú dòng bié
只木头做的鸡，不惊不动，别

de jī jiàn dào tā dōu xià pǎo le shéi yě
的鸡见到它都吓跑了，谁也

bù gǎn tóng tā dòu zhè zhī jī shì tiān xià
不敢同它斗，这只鸡是天下

wú dí a qí wáng tīng le jì shěng zǐ de
无敌啊！"齐王听了纪渻子的

huà fēi cháng gāo xìng
话，非常高兴。

两小儿辩日

智慧宝盒

从不同的角度看问题会有不同的结论，而要想克服片面性就必须从各个角度去分析问题。

从前，孔丘到东方去游玩，路上遇到两个小孩子在争论不休。孔丘问他们争论什么问题，一个小孩儿说："我认为太阳刚出来时离人比较近，而到了中午，太阳就离我们远了。"另一个

小孩儿却认为太阳刚出来时离我们远，而中午离我们近。

第一个说话的那个小孩儿接

着阐述自己的理由。他说："太阳刚出来时像车上的篷盖那样大，到了中午，就只有盘子、碗口那么大了，这不是由于离我们远时看起来就小，而离我们近时看起来就大吗？"另一个小孩儿则辩解道："太阳刚出来时还有些凉飕飕的，到了中午，就热得跟泡在热汤里一样了，这不是由于离我们远时就感到冷，离我们近时就感到热吗？"孔丘听了之后，一时不能判断谁是谁非。两个小孩儿笑着说："谁说你是知识最丰富的人呢？"

鹳鸟移巢

子游曾经在武城县做官，一日他出去巡游，来到城门口的时候，他看见旁边土堆上的鹳鸟突然把它的巢穴搬到了墓碑上。子游很好奇，就去问旁边看守墓地的老人。老人说："鹳鸟把巢穴搬到了高处，是因为要下大雨了，说不定还要发大水呢。"子游听说后，立即让全城的人做好了防汛工作。

寓言中的108个经典哲理

几天之后，果然发大水了。城门旁边的小土堆被淹没了，但是大雨还一直在下，没多久洪水就要没过石碑了。只见鹳鸟在石碑上飞来飞去，显得很焦急，但它却不知道该把巢再迁往什么地方去。

子游说："虽然鹳鸟能预知水灾的到来，但是它的目光却太短浅了。"

智慧宝盒

我们在处理问题的时候应该将眼光放得长远一些，不能只看到眼前的一点儿小利。

蝙蝠的立场

凤凰过生日那天，百鸟都来了，唯独蝙蝠没有去。凤凰质问它，谁知蝙蝠理直气壮地回答说："我是走兽，你只是百鸟之首，我为什么要给你祝寿呢？"

不久，又赶上麒麟过生日，大小走兽都去参加了寿筵，蝙蝠又没去，麒麟把它找来质问，可蝙蝠又说："我是飞禽的一族，不是你的部下！"

凤凰与麒麟相遇了，它们谈起蝙蝠，说："像它这种不禽不兽的家伙，真是太可耻了！"从此以后，蝙蝠成了鸟类和兽类都不欢迎的动物了。

63

寓言中的108个经典哲理

狡猾的老鼠

苏子躺在床上睡觉,半夜时传来"吱吱"的叫声把他吵醒了。他打了一下床板,那个声音就没了,他想,一定是老鼠在偷东西吃了。

苏子下了床,点燃一根蜡烛,发现地上有一个布袋,吱吱声就是从这个布袋中传出来的。"啊,原来是老鼠钻进这个布袋中出不来才咬东西的啊。"

苏子叫来了童子,让童子过去看一下。童子打开布袋看到里面有一只死老鼠,它躺在那里一动也不动。"它刚才不是还

zài yǎo dōng xi ma   zěn me xiàn zài jiù sǐ le ne   tóng zǐ biān shuō
在咬东西吗?怎么现在就死了呢?"童子边说

biān bǎ sǐ lǎo shǔ rēng dào le dì shang
边把死老鼠扔到了地上。

jiù zài lǎo shǔ diào dào dì shang de shùn jiān   tā xùn
就在老鼠掉到地上的瞬间,它迅

jié de táo zǒu le   zhè ràng shēn biān de sū zǐ hé tóng zǐ
捷地逃走了。这让身边的苏子和童子

cuò shǒu bù jí
措手不及。

sū zǐ kǎi tàn de shuō   méi xiǎng dào lǎo
苏子慨叹地说:"没想到老

shǔ zhè me jiǎo huá a
鼠这么狡猾啊。"

智慧宝盒

坏人常常把自
己伪装得很好,我们
一定不要被他们
所迷惑。

东施效颦

chuán shuō chūn qiū shí yuè guó yǒu ge jué sè de měi nǚ míng jiào xī shī tā bù jǐn rén zhǎng
传说春秋时越国有个绝色的美女名叫西施,她不仅人长

de měi ér qiě qín láo shàn liáng shí dà tǐ gù dà jú
得美,而且勤劳善良,识大体、顾大局。

jù shuō dāng nián yuè guó bèi wú guó dǎ bài hòu wèi le fù
据说,当年越国被吴国打败后,为了复

xīng zì jǐ de guó jiā xī shī zì yuàn lái dào wú wáng shēn
兴自己的国家,西施自愿来到吴王身

biān yòng měi rén jì shǐ tā chén mí
边,用美人计使他沉迷。

xī shī zài jiā xiāng de shí
西施在家乡的时

hou fù lǎo xiāng qīn mén jiù hěn xǐ
候,父老乡亲们就很喜

huan tā xī shī yǒu xīn kǒu téng de
欢她。西施有心口疼的

máo bìng měi cì fàn bìng tā dōu yòng
毛病,每次犯病,她都用

shǒu àn zhù xiōng kǒu jǐn zhòu zhe méi tóu
手按住胸口,紧皱着眉头。

rén men jiàn le dōu shuō xī shī zhòu méi de
人们见了,都说西施皱眉的

智慧宝盒

盲目地效仿，以求美化自己是愚蠢的。只有真正发掘出自己的内在美才能使人钦佩和欣赏。

yàng zi yě hěn hǎo kàn
样子也很好看。

　　lí xī shī jiā bù yuǎn de dì fang yǒu
　　离西施家不远的地方，有
ge zhǎng de hěn chǒu de gū niang míng jiào dōng shī
个长得很丑的姑娘名叫东施。
dōng shī jiàn dà jiā zǒng kuā xī shī zhǎng de měi
东施见大家总夸西施长得美，
hěn xiàn mù jiù xiǎng xué xī shī de yàng zi kàn
很羡慕，就想学西施的样子。看

jiàn xī shī wǔ zhe xiōng kǒu zhòu zhe méi tóu
见西施捂着胸口皱着眉头
cóng jiē shang zǒu guò tā yě zuò chū méi
从街上走过，她也做出眉
tóu jǐn zhòu de bìng tài biǎo qíng yǐ wéi zhè
头紧皱的病态表情，以为这
yàng jiù měi le shéi zhī dà jiā kàn dào
样就美了。谁知，大家看到
tā nà zhǒng mú yàng fǎn ér gèng jiā tǎo
她那种模样，反而更加讨
yàn tā le
厌她了。

67

寓言中的108个经典哲理

对牛弹琴

gōng míng yí shì gǔ dài yǒu míng de yīn yuè jiā　tā de qín tán de fēi cháng chū sè　měi
公明仪是古代有名的音乐家。他的琴弹得非常出色。每

dāng tā zuò zài zì jiā chuāng kǒu tán zòu shí　xíng rén cháng cháng zhù zú líng tīng　lín jū men yě
当他坐在自家窗口弹奏时,行人常常驻足聆听,邻居们也

dōu cóng chuāng kǒu tàn chū tóu lai　tīng de rú zuì rú chī
都从窗口探出头来,听得如醉如痴。

yí cì　gōng míng yí xié qín wài chū yóu wán　tā zuò zài niú de páng biān　qīng shū shí zhǐ
一次,公明仪携琴外出游玩。他坐在牛的旁边,轻舒十指,

huǎn huǎn de tán le qǐ lái　tán le yí huìr　tā tái
缓缓地弹了起来。弹了一会儿,他抬

tóu kàn kan niú　jiàn tā zhǐ guǎn dī tóu chī cǎo　fǎng fú
头看看牛,见它只管低头吃草,仿佛

méi tīng jiàn shì de　gōng míng yí yǐ wéi tā gāng cái tán
没听见似的。公明仪以为他刚才弹

de qǔ zi hái bú gòu dòng tīng　yòu huàn le shǒu gèng gǎn
的曲子还不够动听,又换了首更感

rén de　tán de yě
人的,弹得也

gèng jiā rèn zhēn
更加认真

le　kě shì niú réng
了。可是牛仍

然无动于衷。公明仪不甘心，弹了一首又一首，直弹得手软筋麻。看着那头只对鲜嫩的草感兴趣的牛，他叹了口气，终于明白了：对蠢牛弹琴，不过是白费劲儿罢了！

他懊丧地站起来，打算回去了。谁知，他收拾琴的时候，无意中碰到了一根琴弦，发出了有点儿像小牛"哞哞"叫的声音。那牛立即停止了吃草，抬起头四处看看，见并没有什么，便摇了摇尾巴，又低头吃草去了。公明仪见了，自嘲道："不是牛蠢，是我自己蠢，弹琴不看对象。对于牛来说，同类的叫声就是最好的音乐，高雅的乐曲它又怎么能听得懂呢？"

智慧宝盒

做人做事，要懂得选择恰当的时机，在适当的情况下，于正确的对象交流，才能达到预期中的效果。

寓言中的108个经典哲理

狐假虎威

zài mào mì de dà sēn lín li　　yì zhī jǐ è de lǎo hǔ dǎi zhù le yì zhī hú li　lǎo
在茂密的大森林里，一只饥饿的老虎逮住了一只狐狸。老

hǔ zhāng kāi dà zuǐ jiù yào bǎ hú li chī diào
虎张开大嘴就要把狐狸吃掉。

　　　　màn zhe　　　hú li suī rán hěn hài pà　　dàn hái shi zhuāng chū yí fù hěn shén qì de yàng
　　"慢着！"狐狸虽然很害怕，但还是装出一副很神气的样

zi shuō　　　nǐ zhī dào wǒ shì shéi ma　wǒ kě shì tiān dì pài lái guǎn lǐ bǎi shòu de shòu wáng
子说，"你知道我是谁吗？我可是天帝派来管理百兽的兽王，

nǐ yào shi chī le wǒ　tiān dì shì jué bú huì fàng guò nǐ de
你要是吃了我，天帝是绝不会放过你的。"

　　　　lǎo hǔ yǒu diǎnr bù xiāng xìn　hú li jiù shuō　　　rú guǒ nǐ bù xiāng xìn　jiù gēn wǒ
　　老虎有点儿不相信，狐狸就说："如果你不相信，就跟我

dào sēn lín li zǒu yí tàng kàn kan
到森林里走一趟看看。"

只看到事情的表面现象是不足以做出正确判断的，要想认清事物的本质就要多动脑筋。

lǎo hǔ dā ying le
老虎答应了。

hú li dé yì yáng yáng de zǒu zài qián
狐狸得意扬扬地走在前

miàn lǎo hǔ gēn zài hòu miàn
面，老虎跟在后面。

sēn lín li de xiǎo dòng wù jiàn hú li hòu
森林里的小动物见狐狸后

miàn gēn zhe yì zhī zī yá liě zuǐ de lǎo hǔ
面跟着一只龇牙咧嘴的老虎，

xià de sì chù táo cuàn
吓得四处逃窜。

hú li zhàng zhe lǎo hǔ shuǎ zú le wēi
狐狸仗着老虎耍足了威

fēng kě lǎo hǔ hái yǐ wéi dòng wù men shì hài
风，可老虎还以为动物们是害

pà hú li ne jiù bǎ hú li de huà dàng zhēn
怕狐狸呢，就把狐狸的话当真

le zài yě bù gǎn chī tā le
了，再也不敢吃他了。

囫囵吞枣

从前有个好事的人，一天，他参加朋友的聚会，大家边吃边聊，他大发感慨地说："吃梨对牙齿很有好处，但吃多了会伤脾；枣能补脾健胃，可惜吃多了却会损伤牙齿。"一个愚笨的年轻人听到这话，想了好久，说："那我吃梨的时候，光用牙齿嚼，不把果肉往肚里咽，它就伤不了我的脾；吃枣的时候，就把它整个吞下

去，这样就不会损伤我的牙齿了。"

这时桌子上正好有一盘枣，他拿起

一颗枣就要直接吞下去。大家怕

他噎到，就劝他说："千万别吞，

卡在喉咙里多危险啊！"有人见了，讥笑他

说："你这真是囫囵吞枣啊！"

智慧宝盒

对什么都是囫囵吞枣，不求甚解，最终的结果只会一无所获，对人有害无益。

画蛇添足

cóng qián chǔ guó yǒu ge guì zú jì guo zǔ zong yǐ
从前，楚国有个贵族，祭过祖宗以

hòu shǎng gěi qián lái bāng máng de mén kè yì hú jiǔ mén kè
后，赏给前来帮忙的门客一壶酒。门客

men hù xiāng shāng liang shuō zhè hú jiǔ dà jiā fēn zhe
们互相商量说："这壶酒大家分着

hē bú gòu yí gè rén hē zé yǒu yú zhè yàng ba
喝不够，一个人喝则有余。这样吧，

wǒ men gè zì zài dì shang huà tiáo shé shéi xiān huà
我们各自在地上画条蛇，谁先画

hǎo shéi jiù hē zhè hú jiǔ qí
好，谁就喝这壶酒。"其

zhōng yǒu yí gè rén zuì
中有一个人最

xiān bǎ shé huà hǎo le
先把蛇画好了，

tā duān qǐ jiǔ hú zhèng
他端起酒壶正

yào hē fā xiàn bié ren
要喝，发现别人

hái zài mái tóu huà zhe
还在埋头画着

这则寓言告诉我们一个道理:做任何事都要有一个度,过犹不及。超越了这个度,好事就可能变成坏事。

ne yú shì tā biàn dé yì wàng xíng de zuǒ shǒu
呢,于是他便得意忘形地左手

ná zhe jiǔ hú yòu shǒu jì xù huà shé shuō
拿着酒壶,右手继续画蛇,说:

wǒ hái néng gěi tā tiān shàng jiǎo ne kě
"我还能给它添上脚呢。"可

shì méi děng tā bǎ shé jiǎo huà wán lìng yí gè
是没等他把蛇脚画完,另一个

rén yǐ jīng bǎ shé huà wán le nà rén bǎ jiǔ
人已经把蛇画完了。那人把酒

hú qiǎng le guò qù shuō shé běn lái shì méi
壶抢了过去,说:"蛇本来是没

yǒu jiǎo de nǐ zěn me néng gěi tā tiān shàng jiǎo ne
有脚的,你怎么能给它添上脚呢!"

shuō bà biàn bǎ hú zhōng de jiǔ hē le
说罢,便把壶中的酒喝了

xià qù zhè ge gěi shé tiān jiǎo de rén
下去。这个给蛇添脚的人

suī rán xiān huà hǎo shé zuì zhōng
虽然先画好蛇,最终

què shī diào le dào zuǐ de nà
却失掉了到嘴的那

hú jiǔ
壶酒。

胶柱鼓瑟

yǒu ge qí guó rén dào zhào guó qù
有个齐国人到赵国去

xué tán sè zài zhào guó tā tīng lǎo shī
学弹瑟。在赵国,他听老师

tán zòu de qǔ zi yuè ěr měi miào xià jué
弹奏的曲子悦耳美妙,下决

xīn fēi bǎ lǎo shī de jì yì xué dào shǒu
心非把老师的技艺学到手

bù kě kě shì tā yòu bú nài fán cóng jī
不可。可是他又不耐烦从基

běn gōng xué qǐ yú shì děng lǎo shī tán
本功学起,于是等老师弹

wán yì zhī qǔ zi tā jiù
完一支曲子,他就

yòng jiāo bǎ tiáo yīn de qín
用胶把调音的琴

zhù zhān zhù zì yǐ wéi
柱粘住,自以为

zhè jiù kě yǐ zhǎng wò lǎo shī de
这就可以掌握老师的

běn lǐng le
本领了。

智慧宝盒

凡事都要循序渐进，只有一步一步踏踏实实地努力才能到达成功的顶峰，妄想一步登天是绝不可能的。

zhè ge qí guó rén xìng gāo cǎi liè de huí
这个齐国人兴高采烈地回
dào jiā li zhào jí le suǒ yǒu de rén qǐng dà
到家里，召集了所有的人，请大
jiā xīn shǎng měi miào de yuè qǔ bú liào tán lái
家欣赏美妙的乐曲。不料弹来
tán qù tā zǒng shì tán bu chéng qǔ diào jiā
弹去，他总是弹不成曲调。家
li rén zhōng yú tīng de yàn fán qi lai ér zhè
里人终于听得厌烦起来，而这

wèi qí guó rén què zì yán
位齐国人却自言
zì yǔ de shuō yí
自语地说："咦，
nán dào wǒ zhān cuò le shén
难道我粘错了什
me dì fang
么地方？"

刻舟求剑

zhàn guó shí qī yǒu yí gè chǔ guó rén zǒng shì suí shēn xié dài zhe yì bǎ bǎo jiàn yì
战国时期，有一个楚国人总是随身携带着一把宝剑。一

tiān tā dā chuán guò jiāng chuán xíng dào jiāng xīn yí bù xiǎo xīn bǎo jiàn luò dào jiāng li qù
天，他搭船过江，船行到江心，一不小心，宝剑落到江里去

le yí wèi dù kè quàn tā gǎn jǐn tiào xià jiāng qu dǎ lāo chǔ guó rén què bù huāng bù máng de
了。一位渡客劝他赶紧跳下江去打捞，楚国人却不慌不忙地

ná le yì bǎ xiǎo dāo zài chuán xián shang jiàn diào xia
拿了一把小刀，在船舷上剑掉下

qu de dì fang kè le yí dào shēn shēn de jì hao zì
去的地方，刻了一道深深的记号，自

yán zì yǔ de shuō wǒ
言自语地说："我

de jiàn shì cóng zhèr
的剑是从这儿

智慧宝盒

做任何事情都要掌握正确的方法，如果方法不得当不但徒劳无功，还会落下笑柄。

diào xia qu de
掉下去的!"

dù chuán zài jiāng shang xíng le hěn jiǔ　zhōng yú dào le àn biān　zhè wèi chǔ guó rén cái cóng
渡船在江上行了很久,终于到了岸边。这位楚国人才从

róng bú pò de tuō le yī fu　cóng chuán xián biān tā suǒ kè de jì hao nà lǐ tiào xià shuǐ qu　tā
容不迫地脱了衣服,从船舷边他所刻的记号那里跳下水去。他

zài shuǐ zhōng lāo lái lāo qù　zěn me yě lāo bu dào nà bǎ jiàn　tā fú chū shuǐ miàn jīng yà de
在水中捞来捞去,怎么也捞不到那把剑,他浮出水面惊讶地

shuō　wǒ de jiàn míng míng shì cóng zhèr　diào xia qu de　zěn me zhǎo bu dào le ne
说:"我的剑明明是从这儿掉下去的,怎么找不到了呢?"

tóng chuán de dù kè jiàn tā zhè fù mú yàngr
同船的渡客见他这副模样儿,

quán dōu dà xiào qǐ lai　yǒu rén shuō dào　dù chuán
全都大笑起来,有人说道:"渡船

yǐ jīng zǒu le zhè me yuǎn　ér diào zài
已经走了这么远,而掉在

shuǐ zhōng de jiàn shì bú huì zǒu de
水中的剑是不会走的,

nǐ zhè yàng kè zhōu qiú jiàn　qǐ bú shì
你这样刻舟求剑,岂不是

tài hú tu le ma
太糊涂了吗?"

79

买椟还珠

chūn qiū shí qī　　chǔ guó yǒu ge rén dé dào yì zhī zhēn zhū
春秋时期,楚国有个人得到一只珍珠,

tā xiǎng mài chu qu　wèi le mài ge hǎo jià qián　yú shì jiù xiǎng
他想卖出去,为了卖个好价钱,于是就想

chū le yí gè bàn fǎ　tā yòng mù lán xiāng mù zuò le yí gè xiá
出了一个办法。他用木兰香木做了一个匣

zi　zhè yàng yì lái　nà kē zhēn zhū jiù xiǎn de tè bié
子。这样一来,那颗珍珠就显得特别

míng guì　yú shì zhǔ rén biàn gāo gāo xìng xìng de jiāng tā
名贵,于是主人便高高兴兴地将它

ná dào shì chǎng shang qù mài
拿到市场 上去卖。

zhè shí yǒu ge zhì
这时有个郑

guó rén zǒu guo lai　tā yí
国人走过来。他一

kàn dào zhè zhī piào liang
看到这只漂亮

de mù xiá zi lì
的木匣子,立

kè bèi xī yǐn
刻被吸引

住了。他花了许多钱买下这只木匣子，拿在手里左看右看，爱不释手。他看了半天，这才打开木匣子，将里面的珍珠取出来。卖主以为他一定会喜爱那颗珠子，然而万万没有想到，他竟然将珠子还给了卖主，只提着木匣子扬长而去。

智慧宝盒

看事物，不能只看外表，失去必要的判断力，要认清意义的真正所在，以免错失了有价值的东西。

81

盲人摸象

yǒu yì tiān　　sì ge máng rén zuò zài shù xià chéng liáng　yǒu ge rén gǎn zhe yì tóu dà xiàng

有一天，四个盲人坐在树下乘凉。有个人赶着一头大象

zǒu guo lai　dà shēng hǎn zhe　　qǐng jiè guāng　qǐng jiè guāng　xiàng lái le　　yí gè máng rén tí

走过来，大声喊着："请借光，请借光，象来了！"一个盲人提

yì shuō　　yě bù zhī xiàng shì shén me yàng zi　　zán men qù mō yi mō ba　　lìng wài sān ge máng

议说："也不知象是什么样子，咱们去摸一摸吧。"另外三个盲

rén qí shēng zàn tóng

人齐声赞同。

tā men xiàng gǎn xiàng de rén shuō le　tā men de xiǎng fǎ

他们向赶象的人说了他们的想法，

gǎn xiàng de rén tóng yì le　　jiù bǎ xiàng shuān zài shù shang　ràng

赶象的人同意了，就把象拴在树上，让

tā men mō

他们摸。

mō dào xiàng shēn de rén shuō xiàng jiù xiàng yì dǔ
摸到象身的人说象就像一堵

qiáng mō zháo xiàng yá de rén shuō xiàng shì gēn guāng huá
墙;摸着象牙的人说象是根光滑

de gùn zi mō zháo xiàng tuǐ de rén què shuō xiàng gēn
的棍子;摸着象腿的人却说象跟

zhù zi chà bu duō mō zháo xiàng de
柱子差不多;摸着象的

wěi ba de rén yòu rǎng zhuó shuō xiàng
尾巴的人又嚷着说象

gēn cū shéng zi yí yàng
跟粗绳子一样。

sì ge máng rén nǐ
四个盲人你

zhēng wǒ biàn dōu rèn wéi zì jǐ shuō de duì shéi
争我辩,都认为自己说得对,谁

yě bù fú shéi zhè shí gǎn xiàng de rén duì tā
也不服谁。这时,赶象的人对他

men shuō nǐ men shuō de dōu bú duì nǐ men
们说:"你们说得都不对。你们

měi ge rén mō dào de zhǐ shì xiàng de yí bù
每个人摸到的只是象的一部

fēn zhè yàng shì pàn duàn bu chū lái shén me de
分,这样是判断不出来什么的。

yí dìng yào mō biàn xiàng de quán shēn cái néng zhī
一定要摸遍象的全身,才能知

dào xiàng dào dǐ shì shén me yàng zi
道象到底是什么样子。"

南辕北辙

zhàn guó shí qī　wèi wáng xiǎng fā bīng gōng dǎ zhào guó de dū chéng hán dān　wèi guó dà fū
战国时期,魏王 想发兵攻打赵国的都城 邯郸。魏国大夫

jì liáng tīng shuō hòu　lì kè cóng bàn lù shang fǎn huí lai jiàn wèi wáng　wèi wáng kàn tā zhè yàng fēng
季梁听说后,立刻从半路上返回来见魏王。魏王看他这样风

chén pú pú de gǎn lái　biàn wèn tā zhè shì zěn me huí shì
尘仆仆地赶来,便问他这是怎么回事。

jì liáng shuō　wǒ huí lái kàn jiàn yí gè rén　tā jià zhe mǎ chē cháo běi shǐ qù　què shuō
季梁说:"我回来看见一个人,他驾着马车朝北驶去,却说

dǎ suàn dào chǔ guó qù　wǒ duì tā shuō　nán dào nín bù zhī dào
打算到楚国去。我对他说:'难道您不知道

chǔ guó zài nán bian ma　tā huí dá
楚国在南边吗?'他回答

shuō　méi guān xi　wǒ de mǎ pǎo
说:'没关系,我的马跑

de kuài　wǒ shuō　nín de mǎ
得快!'我说:'您的马

suī rán hǎo　kě shì zhè bú shì qù chǔ guó
虽然好,可是这不是去楚国

de lù ya　tā yòu shuō　wǒ dài de
的路呀!'他又说:'我带的

lù fèi duō　wǒ shuō　nà yòu yǒu shén
路费多。'我说:'那又有什

智慧宝盒

做事情前准备好充足的条件固然是正确的，但更重要的是明智的决断和选择，这才是导向成功的必要因素。

me yòng ne　　　tā hái jiān chí shuō　　　wǒ de chē fū
么用呢！'他还坚持说：'我的车夫

gǎn chē de běn lǐng gāo　　shí jì shang　tā de zhè xiē
赶车的本领高。'实际上，他的这些

tiáo jiàn yuè hǎo　　lí chǔ guó jiù huì yuè lái yuè yuǎn
条件越好，离楚国就会越来越远！"

wèi wáng tīng hòu　　jué de shí fēn hǎo xiào
魏王听后，觉得十分好笑，

jiù shuō　　　tiān xià nǎ yǒu zhè me hú tu de rén
就说："天下哪有这么糊涂的人

ya　　jì liáng jiē zhe shuō　　　xiàn zài　nín de
呀！"季梁接着说："现在，您的

zhì xiàng shì yào jiàn lì bà yè　xiǎng dāng zhū hóu
志向是要建立霸业，想当诸侯

de shǒu lǐng　　yì jǔ yí dòng dōu yīng shèn zhòng kǎo
的首领，一举一动都应慎重考

lǜ　kě shì nín què yǐ zhàng guó jiā qiáng dà　　jūn duì jīng ruì
虑。可是您却倚仗国家强大、军队精锐，

ér yòng gōng dǎ zhào guó de bàn fǎ　　lái kuò dà dì pán　tái
而用攻打赵国的办法，来扩大地盘，抬

gāo wēi wàng　　nín zhè yàng gōng dǎ bié
高威望。您这样攻打别

guó de cì shù yuè duō　　lí nín de
国的次数越多，离您的

yuàn wàng jiù huì yuè lái yuè yuǎn　zhè
愿望就会越来越远。这

bú zhèng xiàng nà ge rén yào qù chǔ
不正像那个人要去楚

guó ér cháo běi zǒu yí yàng ma
国而朝北走一样吗？"

杞人忧天

chūn qiū shí qī　　　qǐ guó yǒu ge rén zǒng shì dān xīn tiān huì tā　　dì huì xiàn　wèi cǐ chóu
春秋时期，杞国有个人总是担心天会塌，地会陷，为此愁

de qǐn shí nán ān　yǒu yí gè rén jiàn tā rú cǐ yōu lǜ　yú shì biàn qù kāi dǎo tā shuō　　tiān
得寝食难安。有一个人见他如此忧虑，于是便去开导他说："天

bú guò shì jī jù de qì tǐ bà le　màn wú biān jì　wú chù bú
不过是积聚的气体罢了，漫无边际，无处不

zài　zěn me huì tā xia lai ne
在，怎么会塌下来呢？"

qǐ guó rén bù xiāng xìn de wèn　　rú guǒ tiān
杞国人不相信地问："如果天

zhēn de shì yóu qì tǐ jī jù ér chéng de　nà me
真的是由气体积聚而成的，那么

rì　yuè　xīng chén bù dōu yào
日、月、星辰不都要

diào xia lai le ma
掉下来了吗？"

kāi dǎo tā de rén shuō
开导他的人说：

rì　yuè　xīng chén yě shì qì
"日、月、星辰也是气

体积聚而成的，只不过它们会发光罢
了，即使掉下来，也不会砸伤人的。"

杞国人觉得那人说得有道
理，却还担心地会塌陷，于是又
问："那么，地要陷了该怎么
办呢？"

开导他的人说："地

不过是堆积起来的土块儿罢了，
到处都有。你每天在上面践踏
行走，它怎么会陷下去呢？"

这个杞国人听后，终于抛掉
了忧愁，变得高兴起来。开导他
的人也放心了。

智慧宝盒

有时候，我们的
忧虑是由一些不必要
的事情引起来的，既
然这样，我们为什么
不放下忧愁开心地面
对每一天呢？

黔驴之技

智慧宝盒

毛驴因为只会一种本领而丢掉了性命，多学几种本领，我们会有更多的优势迎接激烈的挑战。

传说从前贵州一带没有驴子，有个好奇的人，用船从外地运来一头毛驴。毛驴刚被运来，暂时没有什么用处，那人就把它放在山脚下。山中的老虎发现了这头毛驴，它看见毛驴个子很高大，不知道它到底有多大本领，感到非常神奇，心里有些害怕，于是便躲在树林里偷偷观看。

过了好一阵子，老虎走出树林，逐渐接近毛驴，小心谨慎地打量它，但还是没看出它究竟是个什么东西。有一天，毛驴忽然大叫一声，老虎吓了一大跳，急忙逃走，躲得远远的，它以为毛驴要吃掉自己，非常害怕。可过了几天，老虎又走过来观看，发现毛驴并没有什么特别的本事。毛驴的叫声，老虎也听惯了，越来越熟悉了。于是它又向毛驴靠近些，在它前前后后转来转去，但还是不敢向毛驴扑过去。

后来，老虎与毛驴挨得更近，更加大胆放肆了，并往毛驴身上连碰带挤，故意冲撞和冒犯它。毛驴终于被惹怒了，于是就用蹄子去踢老虎。这一来，老虎反倒高兴了，心想：原来你只有这点儿本事啊！于是，老虎大吼一声，跳起来猛扑过去，咬断了毛驴的喉咙，饱餐一顿，然后心满意足地走了。

塞翁失马

古时候，有一个老头儿，因为住在边境的一个城镇，人们都管他叫塞翁。有一天，塞翁家的马突然跑到塞外去了。邻居们都替他感到惋惜，前来安慰他不必太着急，年龄大了，要注意身体。可是塞翁一点儿也不着急，反而高兴地说："丢失了一匹马没有关系，怎么知道这不会成为一件好事呢？"邻居听了塞翁的话，心里觉得好笑。过了一段时间，那匹马不但自己跑了回来，并且还带了一匹匈奴的骏马回来。邻居们知道后，都赶来向他庆贺。可是塞翁并不为此感到高兴，

生活中有失有得，好与坏是可以相互转化的。坏事在一定条件下也可以转化成好事。

tā shuō zhè suàn bu liǎo shén me suī rán bái bái
他说："这算不了什么，虽然白白
dé dào le yì pǐ hǎo mǎ zěn me zhī dào zhè bú
得到了一匹好马，怎么知道这不
huì biàn chéng yí jiàn huài shì ne lín jū men yǐ
会变成一件坏事呢？"邻居们以
wéi tā gù zuò zī tài chún shǔ lǎo nián rén de jiǎo
为他故作姿态，纯属老年人的狡
huá xīn li míng míng gāo xìng què yǒu yì bù shuō
猾，心里明明高兴，却有意不说
chū lai
出来。

sài wēng de ér zi hěn xǐ huan
塞翁的儿子很喜欢
qí mǎ yì tiān tā qí shàng nà pǐ
骑马，一天，他骑上那匹
xiōng nú de jùn mǎ chū qù yóu wán tā
匈奴的骏马出去游玩，他
gāo xìng de yǒu xiē guò huǒ dǎ mǎ
高兴得有些过火，打马
fēi bēn bù xiǎo xīn cóng mǎ shang
飞奔，不小心从马上
shuāi xia lai bǎ tuǐ shuāi duàn le
摔下来，把腿摔断了。
lín jū men zhī dào zhè ge bú xìng
邻居们知道这个不幸

的消息后，自然又前来安慰。可是塞翁并不难过，他说："这没什么，孩子的腿虽然摔断了，怎么知道这不会成为一件好事呢？"邻居们又觉得他在胡言乱语，他们想不出，摔断腿会带来什么福气。

不久，匈奴大举入侵，边塞上的青壮年都被征去当兵，大部分人死在了战场上。塞翁的儿子却因为伤了腿，不能去当兵打仗，和父亲一起保全了性命。

三人成虎

zhàn guó shí qī   wèi guó hé zhào guó dìng lì le yǒu hǎo méng yuē   wèi wáng yào bǎ ér zi

战国时期，魏国和赵国订立了友好盟约。魏王要把儿子

sòng dào zhào guó de dū chéng hán dān qù zuò rén zhì dǐ yā   tā pài dà chén páng cōng péi tóng qián

送到赵国的都城邯郸去做人质抵押，他派大臣庞葱陪同前

wǎng   páng cōng dān xīn wèi wáng bú xìn rèn

往。庞葱担心魏王不信任

zì jǐ   lín zǒu zhī qián jiù duì wèi wáng

自己，临走之前就对魏王

shuō   dà wáng   rú guǒ yǒu yí gè rén

说："大王，如果有一个人

duì nín shuō   dà jiē shang lái le yì zhī

对您说，大街上来了一只

lǎo hǔ   nín xiāng bu xiāng xìn   wèi

老虎，您相不相信？"魏

wáng huí dá   wǒ bù xiāng xìn   lǎo hǔ

王回答："我不相信，老虎

zěn me huì pǎo dào dà jiē shang lái

怎么会跑到大街上来

ne   páng cōng jiē zhe wèn   rú guǒ

呢？"庞葱接着问："如果

yǒu liǎng ge rén duì nín shuō   dà jiē shang lái le yì zhī

有两个人对您说，大街上来了一只

老虎，您相不相信？"魏王回答说：
"如果两个人都这么说，我就有些半
信半疑了。"庞葱又问："如果有三
个人对您说，大街上跑来了一
只老虎，您相不相信？"魏王
回答道："如果大家都这么说，
我只好相信了。"

庞葱说："您想，老虎不会
跑到大街上来，这是人人皆知
的事情。只是因为三个人都这么
说，大街上有老虎才成为真的
了。邯郸离我们魏国的都城大

智慧宝盒

想要了解一件事
情，要亲眼去看，亲耳
去听。亲身去体
会，用心去思考，
只有这样才不会偏听
偏信，以讹传讹。

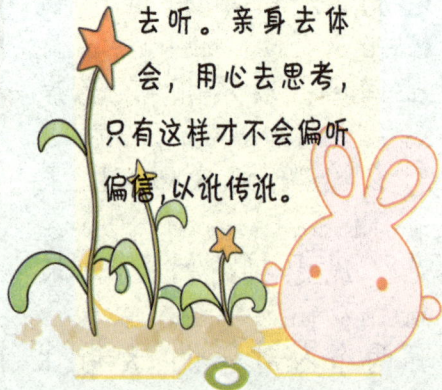

^{liáng} bǐ wáng gōng lí dà jiē yuǎn de duō ér qiě bèi hòu yì lùn wǒ de rén kě néng hái bù zhǐ

梁，比王宫离大街远得多，而且背后议论我的人可能还不止

sān ge qǐng dà wáng zǐ xì kǎo chá wèi wáng diǎn tóu shuō wǒ zhī dào jiù xíng le nǐ fàng

三个，请大王仔细考察。"魏王点头说："我知道就行了，你放

xīn qù ba páng cōng yú shì péi tóng wèi wáng de ér zi dào le hán dān

心去吧！"庞葱于是陪同魏王的儿子到了邯郸。

bù jiǔ guǒ rán yǒu hěn duō rén duì wèi wáng shuō páng cōng de huài huà ér wèi wáng què wàng

不久，果然有很多人对魏王说庞葱的坏话，而魏王却忘

le páng cōng de huà xiāng xìn le tā men bù jiǔ jiù bú zài jiàn páng cōng le

了庞葱的话，相信了他们，不久就不再见庞葱了。

守株待兔

^{gǔ shí hou} ^{sòng guó yǒu ge nóng fū} ^{yì tiān} ^{nóng fū zhèng zài tián li gàn huór} ^{tài}
古时候，宋国有个农夫。一天，农夫正在田里干活儿，太

^{yáng huǒ là là de} ^{shài de nóng fū zhí liú hàn} ^{yú shì tā jiù dào tián biān de shù lín li xiū xi}
阳火辣辣的，晒得农夫直流汗，于是他就到田边的树林里休息

^{yí huìr}
一会儿。

^{tū rán} ^{tā kàn jiàn yì zhī tù zi yì tóu zhuàng}
突然，他看见一只兔子一头撞

^{dào shù shang} ^{zhuàng duàn le bó zi} ^{bù yí huìr} ^{jiù}
到树上，撞断了脖子，不一会儿就

^{sǐ le} ^{nóng fū méi fèi chuī huī zhī lì jiù}
死了。农夫没费吹灰之力就

^{dé dào le yì zhī tù zi} ^{tā gāo xìng jí}
得到了一只兔子，他高兴极

^{le} ^{dàng wǎn quán jiā}
了。当晚全家

^{jiù měi měi de bǎo cān}
就美美地饱餐

^{le yí dùn hái dé le}
了一顿，还得了

^{yì zhāng tù zi pí}
一张兔子皮，

mài diào hòu zhuàn le yì bǐ qián
卖掉后赚了一笔钱。

nóng fū xiǎng zhòng dì tài xīn
农夫想：种地太辛

kǔ le hái bù rú měi tiān zài shù
苦了，还不如每天在树

lín li děng tù zi ne yú shì tā
林里等兔子呢。于是，他

rēng xià le chú tou měi tiān dūn zài
扔下了锄头，每天蹲在

shù lín li děng dài zhe zhuàng shù de
树林里，等待着撞树的

tù zi tā cóng zǎo chen děng dào wǎn
兔子。他从早晨等到晚

智慧宝盒

幸运之神不会终
生都跟随你，如果指
望天上掉馅饼来养
活自己，其结果可
想而知。

shang cóng chūn tiān děng dào dōng tiān zài yě méi yǒu
上，从春天等到冬天，再也没有

děng lái yì zhī tù zi tā de tián dì yīn cǐ ér
等来一只兔子。他的田地因此而

huāng wú le liáng shi yě kē lì wèi shōu
荒芜了，粮食也颗粒未收。

水滴石穿

在宋朝的时候，湖北崇阳县有个县令名叫张乖崖。有一天，他看见一个管理钱库的库吏从钱库里出来，顺手拿了钱库一文钱装进了自己的口袋。他把那个库吏叫来查问，那个库吏爽快地承认那一文钱是钱库的。

张乖崖要打他，他不服气。于是张乖崖提笔在案卷上批道："一日一钱，千

智慧宝盒

一日贪污一钱，千日贪污千钱，日积月累，如果这样下去，就会给钱库造成很大亏空。

rì qiān qián   shéng jù mù duàn   shuǐ dī shí
日千钱。绳锯木断，水滴石
chuān   yì si shì shuō   yì tiān tōu yì wén
穿。"意思是说：一天偷一文
qián   kàn shang qu suàn bu liǎo shén me   dàn yì
钱，看上去算不了什么，但一
qiān tiān jiù shì yì qiān wén   shéng zi suī rán
千天就是一千文；绳子虽然
hěn dùn dàn shì rì zi jiǔ le   yě kě yǐ
很钝，但是日子久了，也可以
bǎ mù tou jù duàn   shuǐ cóng shàng wǎng xià dī
把木头锯断，水从上往下滴

suī rán méi yǒu duō dà   lì
虽然没有多大力
liàng   dàn shí jiān cháng le
量，但时间长了
yě kě yǐ bǎ wán shí dī
也可以把顽石滴
chuān   nà ge kù lì hái
穿。那个库吏还
xiǎng jiǎo biàn   zhāng guāi
想狡辩，张乖
yá yí qì zhī xià jiù bǎ
崖一气之下就把
tā gěi shā le
他给杀了。

亡羊补牢

cóng qián yǒu ge mù yáng rén   tā bái tiān chū qù fàng mù   wǎn shang jiù bǎ yáng guān zài
从前有个牧羊人,他白天出去放牧,晚上就把羊关在

juàn li
圈里。

yǒu yì tiān   tā fàng yáng huí lái   fā xiàn yáng juàn li shǎo le hǎo jǐ zhī yáng
有一天,他放羊回来,发现羊圈里少了好几只羊。

lín jū men gǎn lái   kàn dào yáng juàn yǒu ge pò dòng   jiù duì tā shuō   kuài diǎnr   bǎ pò
邻居们赶来,看到羊圈有个破洞,就对他说:"快点儿把破

dòng bǔ shàng ba   fǒu zé jiù huì yǒu chái láng
洞补上吧!否则就会有豺狼

zuān jin lai tōu yáng chī de
钻进来偷羊吃的。"

智慧宝盒

犯错不可怕，可怕的是犯了错不知道悔改，只要认识到错误，及时改正，任何时候都不算晚。

mù yáng rén bù yǐ wéi rán méi tīng lín
牧羊人不以为然，没听邻

jū men de quàn gào xīn xiǎng fǎn zhèng yáng
居们的劝告，心想：反正羊

yǐ jīng bú jiàn le   zài bǔ yáng juàn yòu yǒu shén
已经不见了，再补羊圈又有什

me yòng
么用？

jǐ tiān hòu mù yáng rén fā xiàn yáng yòu
几天后，牧羊人发现羊又

shǎo le jǐ zhī tā hěn hòu huǐ méi yǒu tīng lín
少了几只，他很后悔没有听邻

jū men de huà shāng xīn de kū le qǐ lái
居们的话，伤心地哭了起来。

lín jū men zài cì quàn tā
邻居们再次劝他：

xiàn zài xiū bǔ yáng juàn hái lái
"现在修补羊圈还来

de jí zhè yàng
得及，这样，

yǐ hòu jiù bú huì
以后就不会

zài diū yáng le
再丢羊了。"

望洋兴叹

秋汛的季节到了，无数条溪水汇集于大河之中。河水猛涨，淹没了两岸的许多地方和水中的沙洲，河面变得异常宽阔。看到这种情景，河伯就自我陶醉起来，他认为世界上所有壮丽的景色都集中到自己身上了。他顺着河水向东行，来到北海。当他朝东一望，只见一片辽阔的大海，却看不见水的边际。河伯转过脸来，仰望

着海洋，向海神感慨地说："我曾听说有人认为孔子的学问不够渊博，伯夷的大义并非了不起，起初我不相信，现在我亲眼看到您的浩瀚无边，才知道自己往日的见闻实在是浅陋啊。如果我不到您的面前而盲目自大，那就太危险了！那样，我将会永远被那些深明事理的人们所耻笑！"

智慧宝盒

"满招损，谦受益"，无论何时何地，身处何等高位，都不要盲目自大。

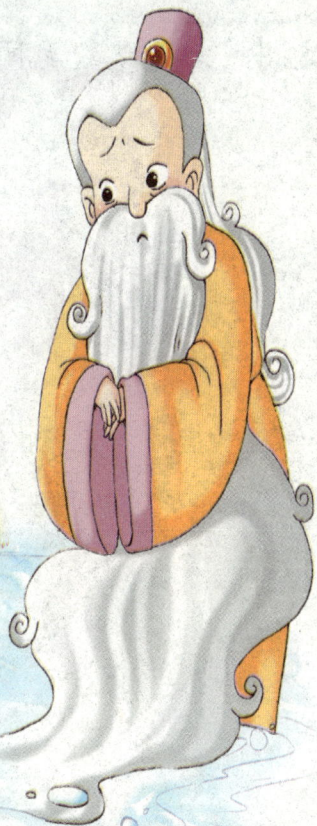

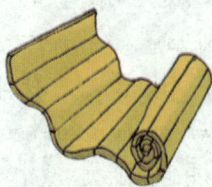

一鸣惊人

chǔ zhuāng wáng shì chūn qiū wǔ wèi bà zhǔ zhī yī   rán ér tā zài jì wèi zhī chū de sān nián
楚庄王是春秋五位霸主之一，然而他在继位之初的三年

zhī zhōng   què shì mò mò wú wén   zhěng tiān chén miǎn yú shēng sè zhī zhōng   yǒu yì tiān   yòu sī
之中，却是默默无闻，整天沉湎于声色之中。有一天，右司

mǎ zài gōng zhōng péi chǔ zhuāng wáng zuò zhe liáo
马在宫中陪楚庄王坐着聊

tiān   tā wèi le quàn shuō chǔ zhuāng wáng   duì
天，他为了劝说楚庄王，对

chǔ zhuāng wáng shuō le yí gè yǐn yǔ   dà
楚庄王说了一个隐语："大

wáng a   cóng qián   yǒu yì zhī niǎo tíng xiē zài
王啊，从前，有一只鸟停歇在

nán fāng de shān shang   yǐ jīng guò le sān
南方的山上，已经过了三

nián tā jì bù zhǎn chì téng fēi
年，它既不展翅腾飞，

yòu bù yǐn háng gāo míng   qǐng
又不引吭高鸣。请

wèn   zhè shì shén me yuán gù
问，这是什么缘故

ne   chǔ zhuāng wáng xiào zhe huí dá shuō   sān
呢？"楚庄王笑着回答说："三

nián bù zhǎn chì　shì wèi le ràng yǔ yì zhǎng
年不展翅，是为了让羽翼长
de gèng fēng mǎn xiē　sān nián bù míng jiào　shì
得更丰满些，三年不鸣叫，是
wèi le xì xīn guān chá mín qíng shì lǐ　zhè yàng
为了细心观察民情事理。这样
de niǎo　suī rán bù fēi　yì fēi bì dìng zhí
的鸟，虽然不飞，一飞必定直
chōng yún tiān　suī rán bù míng　yì míng jiù yào
冲云天；虽然不鸣，一鸣就要
ràng rén chī jīng　fàng xīn ba　nǐ de yì si
让人吃惊。放心吧，你的意思
wǒ dōu zhī dào le　guǒ rán　bàn nián
我都知道了。"果然，半年
zhī hòu　chǔ zhuāng wáng jiù kāi shǐ qīn
之后，楚庄王就开始亲
zì chǔ lǐ guó jiā zhèng shì　tā fèi
自处理国家政事，他废
zhǐ le shí xiàng chén zhāng jiù fǎ
止了十项陈章旧法，
qǐ yòng le liù wèi yǒu
起用了六位有
xián dé de yǐn shì　cóng
贤德的隐士。从
cǐ　chǔ guó dà zhì
此，楚国大治。

寓言中的108个经典哲理

高山流水

^{gǔ shí hou} ^{yǒu duì hǎo péng you} ^{yí gè jiào yú bó yá} ^{yí gè jiào zhōng zǐ qī} ^{yú}
古时候，有对好朋友，一个叫俞伯牙，一个叫钟子期。俞

^{bó yá tán de yì shǒu hǎo qín} ^{ér zhōng zǐ qī zé shì ge dǒng yīn yuè de háng jia}
伯牙弹得一手好琴，而钟子期则是个懂音乐的行家。

^{yǒu yí cì} ^{liǎng rén zài yì qǐ tán qín yú lè} ^{yú bó yá xiǎng qǐ le hé zhōng zǐ}
有一次，两人在一起弹琴娱乐。俞伯牙想起了和钟子

^{qī dēng shān shí de qíng jǐng} ^{yì zǒu shén} ^{zhǐ jiān tán chū de yuè qǔ}
期登山时的情景，一走神，指尖弹出的乐曲

^{tū rán biàn de xióng zhuàng gāo jùn} ^{zhōng zǐ}
突然变得雄壮高峻。钟子

^{qī wēi bì zhe shuāng yǎn} ^{tīng}
期微闭着双眼，听

^{jiàn qín shēng tū rán biàn de}
见琴声突然变得

智慧宝盒

真正的知音不一定要相识多久，了解多深，只要怀着一颗真诚的心，就能换来真正的友情。

gāo áng jī yuè bù yóu de zhēng kāi shuāng yǎn
高昂激越，不由得睁开双眼，

gāo shēng hè cǎi dào hǎo a gāo jùn de xiàng
高声喝彩道："好啊，高峻得像

tài shān yí yàng
泰山一样。"

yú bó yá jiàn zhōng zǐ qī yí xià zi jiù
俞伯牙见钟子期一下子就

tīng chū le zì jǐ de qín
听出了自己的琴

shēng suǒ biǎo dá de yì si
声所表达的意思，

huì xīn yí xiào gù
会心一笑，故

yì yòu biàn le ge
意又变了个

diào zi qín shēng yí xià zi biàn de bō lán zhuàng kuò zhōng zǐ
调子，琴声一下子变得波澜壮阔。钟子

qī yòu hè cǎi dào hǎo a zhuàng kuò
期又喝彩道："好啊，壮阔

de xiàng jiāng hé yí yàng
得像江河一样！"

寓言中的108个经典哲理

毛遂自荐

公元前260年，秦国大将白起率兵攻打赵国，结果秦军大获全胜。两年后，秦国又要大举进攻赵国的都城邯郸。这下可急坏了赵王，他立刻派平原君赵胜作为使者，向楚国求救。

赵胜决定选20名有勇有谋的门客前往楚国。但手下门客数千人，真正算得上是文武双

全者竟凑不齐20人。这可把赵胜给难住了。正在这时，有个叫毛遂的人自我推荐。赵胜对毛遂毫无印象，便问："先

^{shēng zài wǒ mén xià jǐ nián le sān nián le máo suì huí dá dào xiān sheng zài wǒ mén xià}
生在我门下几年了？""三年了。"毛遂回答道。"先生在我门下

^{dāi le sān nián zhī jiǔ yě méi yǒu rén chēng zàn tuī jǔ guo nǐ kě jiàn nǐ méi shén me běn lǐng}
待了三年之久，也没有人称赞、推举过你，可见你没什么本领，

^{hái shi liú xià ba zhào shèng lěng lěng de shuō}
还是留下吧！"赵胜冷冷地说。

^{máo suì shí fēn bù fú qì yǔ zhào shèng zhēng biàn qi lai zuì hòu zhào shèng jué dìng gěi}
毛遂十分不服气，与赵胜争辩起来。最后，赵胜决定给

^{máo suì yí gè jī huì biàn ràng tā yì tóng qù chǔ guó}
毛遂一个机会，便让他一同去楚国。

^{zhào shèng yì xíng rén dào le chǔ guó xiàng chǔ wáng chǎn shù le lián hé kàng qín de zhòng yào}
赵胜一行人到了楚国，向楚王阐述了联合抗秦的重要

^{xìng dàn chǔ wáng réng ná bu dìng zhǔ yi}
性，但楚王仍拿不定主意。

^{máo suì shí fēn nǎo huǒ àn zhe pèi jiàn zǒu shàng}
毛遂十分恼火，按着佩剑走上

^{tái jiē dà shēng kàng yì chǔ wáng jiàn máo suì jìng rú cǐ}
台阶大声抗议。楚王见毛遂竟如此

^{ào màn wú lǐ biàn nù chì dào nǐ suàn shén me rén}
傲慢无理，便怒斥道："你算什么人？

^{hái bú tuì xia qu wǒ hé nǐ de zhǔ}
还不退下去？我和你的主

^{rén jiǎng huà yǔ nǐ hé gān}
人讲话，与你何干？"

^{máo suì shuō dào}
毛遂说道：

^{dà wáng xiàn zài wǒ}
"大王，现在我

^{yǔ nín xiāng jù bú dào}
与您相距不到

十步，您的性命完全操纵在我的手里。"毛遂说话咄咄逼人，楚王再也不敢小看他了。

随后，毛遂话锋一转，又大赞楚国地大物博、兵多将广，还以自起曾火烧夷陵登事刺激楚王。

最后楚王终于下定决心出兵抗秦。于是，楚王和赵胜等一行人歃血为盟。回国后，毛遂得到了赵胜的重用。

智慧宝盒

一个人只有真本事还不够，还要善于抓住机遇，积极地表现自己，这样才可能获得成功。

笼中猿猴

一只猿猴被主人养在笼中十年了。一天，主人心中突然怜悯起它来，决定让它过自由的生活。但还没过两天，这只猿猴就回来了。

主人想："是不是送得不够远呢？"于是又将猿猴送进了山谷。

这只猿猴因为长期习惯了安逸的生活，失去了独自生活的能力，这次它找不到主人的家，也没有本领找到食物，最后死去了。

图书在版编目(CIP)数据

寓言中的 108 个经典哲理 / 崔钟雷编.—沈阳：万卷出
版公司，2009.6（2019.6 重印）
（好孩子智慧成长阶梯）
ISBN 978-7-80759-972-2

Ⅰ.寓…　Ⅱ.崔…　Ⅲ.儿童文学 – 寓言 – 作品集 – 世界
Ⅳ.I18

中国版本图书馆 CIP 数据核字（2009）第 090703 号

出版发行：万卷出版公司
　　　　　（地址：沈阳市和平区十一纬路 29 号　邮编：110003）
印 刷 者：北京一鑫印务有限责任公司
经 销 者：全国新华书店
开　　本：690mm×960mm　1/16
字　　数：200 千字
印　　张：14
出版时间：2009 年 6 月第 1 版
印刷时间：2019 年 6 月第 4 次印刷
责任编辑：王亦言
策　　划：钟　雷
装帧设计：稻草人工作室
主　　编：崔钟雷
副 主 编：王丽萍　陈　红
ISBN 978-7-80759-972-2
定　　价：59.60 元（上、下册）

联系电话：024-23284442
邮购热线：024-23284454
传　　真：024-23284448
E - mail：vpc_tougao@163.com
网　　址：http://www.chinavpc.com

好孩子智慧成长阶梯